给孩子的散文

李陀 北岛 选编

中信出版集团|北京

图书在版编目（CIP）数据

给孩子的散文 / 李陀, 北岛编. — 北京：中信出版社, 2015.6（2024.9 重印）
ISBN 978-7-5086-5229-0

Ⅰ.①给… Ⅱ.①李…②北… Ⅲ.①儿童文学－散文集－世界
Ⅳ.①I18

中国版本图书馆CIP数据核字（2015）第 103783 号

给孩子的散文

选　　编：李陀　北岛
出版发行：中信出版集团股份有限公司
　　　　　（北京市朝阳区东三环北路 27 号嘉铭中心　邮编　100020）
承 印 者：北京联兴盛业印刷股份有限公司

开　　本：880mm×1230mm　1/32　　印　　张：6.75　　字　　数：150 千字
版　　次：2015 年 6 月第 1 版　　　　印　　次：2024 年 9 月第 39 次印刷
书　　号：ISBN 978-7-5086-5229-0
定　　价：35.00 元

图书策划： 活字文化

版权所有·侵权必究
如有印刷、装订问题，本公司负责调换。
服务热线：400-600-8099
投稿邮箱：author@citicpub.com

给孩子的散文

活字文化
Moveable Type

官方网址：www.mtype.cn
特约编辑：刘净植
装帧设计：木木

目录

致读者（代序）　　李陀　北岛　　　　　　1

鲁迅
　好的故事　　　　　　　　　　　　　　5
　雪　　　　　　　　　　　　　　　　　7

夏丏尊
　白马湖之冬　　　　　　　　　　　　　9

竺可桢
　唐宋大诗人诗中的物候　　　　　　　　11

郭沫若
　卖书　　　　　　　　　　　　　　　　15

叶圣陶
　没有秋虫的地方　　　　　　　　　　　18

张恨水
　对照情境　　　　　　　　　　　　　　20

郁达夫
　江南的冬景　　　　　　　　　　　　　22

丰子恺
　野外理发处　　　　　　　　　　　　　26

朱自清
　匆匆　　　　　　　　　　　　　　　　　30

老舍
　四位先生　　　　　　　　　　　　　　32

闻一多
　贾岛　　　　　　　　　　　　　　　　38

俞平伯
　记在清宫所见朱元璋的谕旨　　　　　　43

废名
　蝇　　　　　　　　　　　　　　　　　47

沈从文
　滕回生堂今昔　　　　　　　　　　　　49

梁实秋
　火车　　　　　　　　　　　　　　　　57

巴金
　一个车夫　　　　　　　　　　　　　　61

冯至
　一个消逝了的山村　　　　　　　　　　65

傅雷
　傅雷书信：一九五五年三月二十七日夜　70

萧红
  饿 74

孙犁
  报纸的故事 79

饶宗颐
  金字塔外：死与蜜糖 83

陈从周
  小有亭台亦耐看
    ——网师园 86

黄裳
  怀素《食鱼帖》 89

汪曾祺
  散文四篇 91

黄永玉
  米修士，你在哪里呀！
    ——怀廖冰兄 103

新凤霞
  左撇子 109

西西
  羊吃草 113

李零
  史学中的文学力量   117

北岛
  北京的味儿   123

史铁生
  我的梦想   131

贾平凹
  黄土高原   135

韩少功
  月夜（外二篇）   141

王安忆
  窗外与窗里   146

莫言
  卖白菜   154

顾城
  学诗笔记   161

余华
  麦田里   164

刘亮程
  寒风吹彻   167

苏童
  三棵树   174

格非
  胡河清   179

孟晖
  妙饮沉香一缕烟   186

毛尖
  表弟   190

李娟
  河边洗衣服的时光   193

编辑说明   200

致读者
（代序）

亲爱的年轻朋友：

谁小的时候没认过字？

谁读小学、中学的时候没上过作文课？

从小识字，写下自己的名字，写下父母的名字，写下草木江河和田野——然后上学读书，学习作文。这谁都经历过，可作文是什么意思？

其实，说得宽泛一点，那已经是在学着写散文。

一个人从小就要学习写散文，可见散文是多么重要。

作家汪曾祺说过："如果一个国家的散文不兴旺，很难说这个国家的文学有了真正的兴旺。散文如同布帛麦菽，是不可须臾离开的。"要是把汪曾祺的这句话延伸一下：散文不只是对文学，而是对于任何一个想让自己生命兴旺的人，它都是"如同布帛麦菽，是不可须臾离开的"。这么说是不是过分？我们觉得一点儿也不过分，散文就是这么重要。

中国是个散文大国，有着很长的传统，远在先秦时代就很成熟了。拿人们熟悉的《论语》来说，在《公冶长》一篇里，就有这么一段文字："颜渊、季路侍。子曰：'盍各言尔志？'子路曰：'愿车马衣轻裘，与朋友共，敝之而无憾。'颜渊曰：'愿无伐善，无施劳。'子路曰：'愿闻子之志。'子曰：'老者安之，朋友信之，少者怀之。'"——这是一段多么生动活泼的散文！而且，子路回答老师的话，在今天看来，不是也"酷"得很吗？

读《庄子》，读《战国策》，读《史记》——古代的好散文太多了，犹如满天星斗，可是我们现在推荐给大家的这本《给孩子的散文》，内容不是古代散文，而是现代散文，也就是用现代汉语写作的散文。

比起古汉语，现代汉语形成得很晚。在晚清，兴起了一股办"白话报"的热潮，目的是在文言文之外，实验用一种接近口语的"白话"写文章，那应该是现代汉语形成的最早阶段。从那个时候算起，现代汉语只有一百多年的历史，不算长，是一种很新的语言，甚至能把它看成是一种新发明的语言。但是，现代汉语的出现，影响太大了，可以说没有现代汉语，就没有现代中国。这个影响在文学上的一个重要方面，是散文写作从此告别了文言文，形成了有近百年历史的现代散文的写作。这些散文既是现代汉语形成的见证，又是一座文学宝藏，其中有很多语言和文字的奇珍异品。因为有了它们，我们可以自豪地说，中国今天还是一个散文大国。

我们选编的这本散文集，一共四十多篇文章，只是这座文学宝藏中很小的一部分，这也是实在不得已，考虑到整本书的篇幅不能太长，每篇文章不要超过五千字，读者又主要是年轻的朋友，很多好文字就不得不割舍。所以这个集子是一个很小很小的窗口。不过，小小的窗口外面，是一个美妙瑰丽的世界。

在英文里，诗歌（poetry）、散文（essay）、小说（novel）的缩写，正好是pen（笔）。真巧了，这好比在诗歌和小说之间，存在着一个叫散文的语言空间，这个空间很大，海阔天空，山高水长，手里有一支笔，就如同抓住了一匹飞马的缰绳，写作可以升天入地，任意驰骋。这个空间又像一个巨大无比的实验室，现代汉语被当作研究材料，被放在无数的散文写作的"烧瓶"里炼制，然后得到许许多多叫作散文的晶体。

可以说，散文写作和散文作品的丰富性，使它有一种其他文学形式不能比的斑斓光华。

散文的品种非常丰富，绝不是只有抒情和记事，无论文体、风格、样式，还是内容、题材、立意，都没有一定之规，没有什么人人都必须遵守的标准。写作散文，可以典雅，可以朴素；可以修辞精致，在遣词造句上使劲用功，也可以朴实无华，文句不加多少修饰；可以有意让"白话文"融进一些文言因素，使文意间带点儿古意，也可以让文章更接近口语，"我手写我口"，简直就是我们日常里的大白话。总之，散文写作要自由。当然，散文绝不能只是自由的表达，散文世界后面还应该有更广阔的知识世界，其中有历史人物、历史故事，也有现实人物、现实故事，它们在作家笔下栩栩如生，活龙活现，于是无论现实的还是历史的，都化作了生动的知识。我们认为，它们才是散文写作真正的意义所在。

年轻的朋友们，与青春做伴是一件多么美好的事，拿起一本好书，读一篇好文章，就像和朋友一起轻快地穿越一片无边无际的田野，每向前一步，空气就更新鲜，视野也更开阔。

《给孩子的散文》将与你同行。

李陀 北岛
二〇一五年晚春

鲁迅

好的故事

灯火渐渐地缩小了，在预告石油的已经不多；石油又不是老牌，早熏得灯罩很昏暗。鞭爆的繁响在四近，烟草的烟雾在身边：是昏沉的夜。

我闭了眼睛，向后一仰，靠在椅背上；捏着《初学记》的手搁在膝髁上。

我在蒙眬中，看见一个好的故事。

这故事很美丽，幽雅，有趣。许多美的人和美的事，错综起来像一天云锦，而且万颗奔星似的飞动着，同时又展开去，以至于无穷。

我仿佛记得曾坐小船经过山阴道，两岸边的乌桕，新禾，野花，鸡，狗，丛树和枯树，茅屋，塔，伽蓝，农夫和村妇，村女，晒着的衣裳，和尚，蓑笠，天，云，竹，……都倒影在澄碧的小河中，随着每一打桨，各各夹带了闪烁的日光，并水里的萍藻游鱼，一同荡漾。诸影诸物：无不解散，而且摇动，扩大，互相融和；刚一融和，却又退缩，复近于原形。边缘都参差如夏云头，镶着日光，发出水银色焰。凡是我所经过的河，都是如此。

现在我所见的故事也如此。水中的青天的底子，一切事物统在上面交错，织成一篇，永是生动，永是展开，我看不见这一篇的结束。

河边枯柳树下的几株瘦削的一丈红，该是村女种的罢。大红花和斑红花，都在水里面浮动，忽而碎散，拉长了，缕缕的胭脂水，然而没有晕。茅屋，狗，塔，村女，云，……也都浮动着。大红花一朵朵全被拉长了，这时是泼剌奔进的红锦带。带织入狗中，狗织入白云中，白云织入村女中……在一瞬间，他们又退缩了。但斑红花影也已碎散，伸长，就要织进塔、村女、狗、茅屋、云里去。

现在我所见的故事清楚起来了，美丽，幽雅，有趣，而且分明。青天上面，有无数美的人和美的事，我一一看见，一一知道。

我就要凝视他们……

我正要凝视他们时，骤然一惊，睁开眼，云锦也已皱蹙，凌乱，仿佛有谁掷一块大石下河水中，水波陡然起立，将整篇的影子撕成片片了。我无意识地连忙捏住几乎坠地的《初学记》，眼前还剩着几点虹霓色的碎影。

我真爱这一篇好的故事，趁碎影还在，我要追回他，完成他，留下他。我抛了书，欠身伸手去取笔，——何尝有一丝碎影，只见昏暗的灯光，我不在小船里了。

但我总记得见过这一篇好的故事，在昏沉的夜……

一九二五年二月二十四日

雪

　　暖国的雨，向来没有变过冰冷的坚硬的灿烂的雪花。博识的人们觉得它单调，它自己也以为不幸否耶？江南的雪，可是滋润美艳之至了；那是还在隐约着的青春的消息，是极壮健的处子的皮肤。雪野中有血红的宝珠山茶，白中隐青的单瓣梅花，深黄的磬口的腊梅花；雪下面还有冷绿的杂草。蝴蝶确乎没有；蜜蜂是否来采山茶花和梅花的蜜，我可记不真切了。但我的眼前仿佛看见冬花开在雪野中，有许多蜜蜂们忙碌地飞着，也听得他们嗡嗡地闹着。

　　孩子们呵着冻得通红，像紫芽姜一般的小手，七八个一齐来塑雪罗汉。因为不成功，谁的父亲也来帮忙了。罗汉就塑得比孩子们高得多，虽然不过是上小下大的一堆，终于分不清是壶卢还是罗汉；然而很洁白，很明艳，以自身的滋润相粘结，整个地闪闪地生光。孩子们用龙眼核给他做眼珠，又从谁的母亲的脂粉奁中偷得胭脂来涂在嘴唇上。这回确是一个大阿罗汉了。他也就目光灼灼的嘴唇通红地坐在雪地里。

　　第二天还有几个孩子来访问他；对了他拍手，点头，嬉笑。但他终于独自坐着了。晴天又来消释他的皮肤，寒夜又使他结一层冰，化作不透明的水晶模样，连续的晴天又使他成为不知道算什么，而嘴上的胭脂也褪尽了。

　　但是，朔方的雪花在纷飞之后，却永远如粉，如沙，他们绝不粘连，撒在屋上，地上，枯草上，就是这样。屋上的雪是早已就有消化了的，因为屋里居人的火的温热。

别的,在晴天之下,旋风忽来,便蓬勃地奋飞,在日光中灿灿地生光,如包藏火焰的大雾,旋转而且升腾,弥漫太空,使太空旋转而且升腾地闪烁。

在无边的旷野上,在凛冽的天宇下,闪闪地旋转升腾着的是雨的精魂……

是的,那是孤独的雪,是死掉的雨,是雨的精魂。

一九二五年一月十八日

鲁迅(1881—1936),作家。本名周树人。著有短篇小说集《呐喊》《彷徨》《故事新编》,散文诗集《野草》,散文集《朝花夕拾》,以及《热风》《华盖集》《二心集》等杂文集。此外,还写有《中国小说史略》《汉文学史纲要》等学术专论。

夏丏尊

白马湖之冬

在我过去四十年的生涯中，冬的情味尝得最深刻的要算十年前初移居白马湖的时候了。十年以来，白马湖已成了一个小村落，当我移居的时候，还是一片荒野。春晖中学的新建筑巍然矗立于湖的那一面，湖的这一面的山脚下是小小的几间新平屋，住着我和刘君心如两家。此外两三里内没有人烟。一家人于阴历十一月下旬从热闹的杭州移居这荒凉的山野，宛如投身于极带中。

那里的风，差不多日日有的，呼呼作响，好像虎吼。屋宇虽系新建，构造却极粗率，风从门面隙缝中来，分外尖削，把门缝窗隙厚厚地用纸糊了，缝中却仍有透入。风刮得厉害的时候，天未夜就把大门关上，全家吃毕夜饭即睡入被窝里，静听寒风的怒号，湖水的澎湃。靠山的小后轩，算是我的书斋，是全屋子中风最小的一间，我常把头上的罗宋帽拉得低低的在洋灯下工作至夜深。松涛如吼，霜月当窗，饥鼠吱吱在承尘上奔窜，我于这种时候深感到萧瑟的诗趣，常独自拨划着炉灰，不肯就睡，把自己拟诸山水画中的人物，作种种幽邈的遐想。

现在白马湖到处都是树木了，当时尚一株树木都未种，月亮与太阳都是整个儿的。从上山起直要照到下山为止。太阳好的时候，只要不刮风，那真和暖得不像冬天。一家人都坐在庭间曝日，甚至于吃午饭也在屋外，像夏天的晚饭一样。日光晒到哪里，就把椅凳移到哪里，忽然寒风来了,只好逃难似的各自带了椅凳逃入室中,急急把门关上。在平常的日子,风来大概在下午快要傍晚的时候,半夜即息。至于大风寒,那是整日夜狂吼,要二三日才止的。最严寒的几天,泥地看去惨白如水门汀,山色冻得发紫而黯,湖波泛深蓝色。

下雪原是我所不憎厌的,下雪的日子,室内分外明亮,晚上差不多不用燃灯。远山积雪,足供半个月的观看,举头即可从窗中望见。可是究竟是南方,每冬下雪不过一二次。我在那里所日常领略的冬的情味,几乎都从风来。白马湖的所以多风,可以说是有着地理上的原因的。那里环湖都是山,而北首却有一个半里阔的空隙,好似故意张了袋口欢迎风来的样子。白马湖的山水,和普通的风景地相差不远,唯有风却与别的地方不同。风的多和大,凡是到过那里的人都知道的。风在冬季的感觉中,自古占着重要的因素,而白马湖的风尤其特别。

现在,一家傲居上海多日了,偶然于夜深人静时听到风声的时候,大家就要提起白马湖来,说"白马湖不知今夜又刮得怎样厉害哩"!

一九三三年十二月

夏丏尊(1886—1946),作家、教育家。本名夏铸。著有散文集《平屋杂文》《文心》等,译有日记体小说《爱的教育》等。

竺可桢

唐宋大诗人诗中的物候

我国古代相传有两句诗说道："花如解语应多事，石不能言最可人。"但现在看来，石头和花卉虽没有声音的语言，却有它们自己的一套结构组织来表达它们的本质。自然科学家的任务就在于了解这种本质，使石头和花卉能说出宇宙的秘密。而且到现在，自然科学家已经成功地做了不少工作。以石头而论，譬如化学家以同位素的方法，使石头说出自己的年龄；地球物理学家以地震波的方法，使岩石能表白自己离开地球表面的深度；地质学家和古生物学家以地层学的方法，初步摸清了地球表面即地壳里三四十亿年以来的石头历史。何况花卉是有生命的东西，它的语言更生动、更活泼。像上面所讲，贾思勰在《齐民要术》里所指出的那样，杏花开了，好像它传语农民赶快耕土；桃花开了，好像它暗示农民赶快种谷子；春末夏初布谷鸟来了，我们农民知道它讲的是什么话："阿公阿婆，割麦插禾。"从这一角度看来，花香鸟语统是大自然的语言，重要的是我们要能体会这种暗示，明白这种传语，来理解大自然、改造大自然。

我国唐、宋的若干大诗人，一方面关心民生疾苦，搜集了各地方大量的竹枝词、民歌；一方面又热爱大自然，善能领会鸟语花香的暗示，模拟这种民歌、竹枝词，写成诗句。其中许多诗句，因为含有至理名言，传下来一直到如今，还是被人称道不止。明末的学者黄宗羲说："诗人萃天地之清气，以月、露、风、云、花、鸟为其性情，其景与意不可分也。月、露、风、云、花、鸟之在天地间，俄顷灭没，而诗人能结之不散。常人未尝不有月、露、风、云、花、鸟之咏，非其性情，极雕绘而不能亲也。"换言之，月、露、风、云、花、鸟乃是大自然的一种语言，从这种语言可以了解到大自然的本质，即自然规律。而大诗人能掌握这类语言的含意，所以能写成诗歌而传之后世。物候就是谈一年中月、露、风、云、花、鸟推移变迁的过程，对于物候的歌咏，唐、宋大诗人是有成就的。

唐白居易（乐天）十几岁时，曾经写过一首咏芳草（《赋得古原草送别》）的诗："离离原上草，一岁一枯荣。野火烧不尽，春风吹又生……"诗人顾况看到这首诗，大为赏识。一经顾况的宣传，这首诗便被传诵开来。这四句五言律诗，指出了物候学上两个重要规律：第一是芳草的荣枯，有一年一度的循环；第二是这循环是随气候为转移的，春风一到，芳草就苏醒了。

在温带的人们，经过一个寒冬以后，就希望春天的到来。但是，春天来临的指标是什么呢？这在许多唐、宋人的诗中我们可找到答案的。李白（太白）诗："东风已绿瀛洲草，紫殿红楼觉春好。"王安石（介甫）晚年住在江宁，有诗句云："春风又绿江南岸，明月何时照我还。"据宋洪迈《容斋续笔》中指出：王安石写这首诗时，原作"春风又到江南岸"，经推敲后，认为"到"字不合意，改了几次才下了"绿"字。李白、王安石他们在诗中统用"绿"字来象征春天的到来，到如今，在物候学上，花木抽青也还是春天重要指标之一。王安石这句诗的妙处，还在于能说明物候是有区域性的。若把这首诗哼成"春风又绿河南岸"，就很不恰当了。因为在大河以南开封、洛阳一带，春风带来的征象，黄沙比绿叶更有代表性，所以李白《扶风豪士歌》便有"洛阳三月飞胡沙"之句。虽则句中"胡沙"是暗指安史之乱，但河南春天风沙之大也是事实。

树木抽青是初春很重要的指标，这是肯定的。但是，各种树木抽青的时间不同，哪种树木的抽青才能算是初春指标呢？从唐、宋诗人的吟咏看来，杨柳要算是最受重视的了。杨柳抽青之所以被选为初春的代表，并非偶然之事。第一，因为柳树抽青早；第二，因为它分布区域很广，南从五岭，北至关外，到处都有。它既不怕风沙，也不嫌低洼。唐李益《临滹沱见蕃使列名》诗："漠南春色到滹沱，碧柳青青塞马多。"刘禹锡在四川作《竹枝词》云："江上朱楼新雨晴，瀼西春水縠文生。桥东桥西好杨柳，人来人去唱歌行。"足见从漠南到蜀东，人人皆以绿柳为春天的标志。王之涣作《出塞》绝句有"羌笛何须怨杨柳，春风不度玉门关"之句。这句寓意诗是说塞外只能从笛声中听到折杨柳的曲子。但在今日新疆维吾尔自治区，无论天山南北，随处均有杨柳。所以毛泽东同志《送瘟神》诗中就说"春风杨柳万千条，六亿神州尽舜尧"，如今春风杨柳不限于玉门关以内了。

唐、宋诗人对于候鸟，也给以极大注意。他们初春留心的是燕子，暮春、初夏注意的在西南是杜鹃，在华北、华东是布谷。如杜甫（子美）晚年入川，对于杜鹃鸟的分布，在《杜鹃》诗中说得很清楚："西川有杜鹃，东川无杜鹃。涪万无杜鹃，云安有杜鹃。我昔游锦城，结庐锦水边。有竹一顷馀，乔木上参天。杜鹃暮春至，哀哀叫其间……"

南宋诗人陆游（放翁），在七十六岁时作《初冬》诗："平生诗句领流光，绝爱初冬万瓦霜。枫叶欲残看愈好，梅花未动意先香……"这证明陆游是留心物候的。他不但留心物候，还用以预告农时，如《鸟啼》诗可以说明这一点："野人无历日，鸟啼知四时；二月闻子规，春耕不可迟；三月闻黄鹂，幼妇悯蚕饥；四月鸣布谷，家家蚕上簇；五月鸣鸦舅，苗稚忧草茂……"像陆游可称为能懂得大自然语言的一个诗人。

我们从唐、宋诗人所吟咏的物候，也可以看出物候是因地而异、因时而异的。换言之，物候在我国南方与北方不同，东部与西部不同，山地与平原不同，而且古代与今日不同。为了了解我国南北、东西、高下、地点不同，古今时间不同而有物候的差异，必须与世界其他地区同时讨论，方能收相得益彰之效。

载于《物候学》
科学普及出版社一九六三年版

竺可桢（1890—1974），气象学家、地理学家。撰有《物候学》《气象学》等学术专著。

郭沫若

卖书

我平生受苦了文学纠缠，我想丢掉它也不知道有过多少次了。小的时候便喜欢读《楚辞》《庄子》《史记》《唐诗》，但在一九一三年出省的时候，我便全盘把它们丢了。一九一四年正月我初到日本来的时候，只带着一部《文选》，这是一九一三年的年底在北京琉璃厂的旧书店里买的。走的时候本来也想丢掉它，是我大哥劝我，没有把它丢掉。但我在日本的起初一两年，它被丢在我的箱里，没有取出来过。

在日本住久了，文学趣味不知不觉之间又抬起头来。我在高等学校快要毕业的时候，又收集了不少的中外的文学书籍了。

那是一九一八年的初夏，我从冈山的第六高等学校毕了业，以后是要进医科大学了。我决心要专精于医学，文学书籍又不能不和它们断缘了。我下了决心，又先后把我贫弱的藏书送给了友人。当我要离开冈山的前一天，剩着《庾子山全集》和《陶渊明全集》两书还在我的手里。这两部书我实在是不忍丢掉，但又不能不丢掉。这两部书和科学精神实在是不相投合的。那时候我因为手里没有多少钱，便想把这两位诗人的书拿去拍卖。我想起日本人是比较尊重汉籍的，这两部书或者可以卖得一些钱。

那是晚上，天在下雨。我打起一把雨伞走上冈山市去。走到一家书店里我去问了一声。我说："我有几本中国书……"

话还没有说完,坐店的一位年轻的日本人,在怀里操着两只手,粗暴地反问着我:"你有几本中国书?怎么样?"

我说:"想让给你。"

——"哼,"他从鼻孔里哼了一声,又把下颔向店外指了一下,"你去看看招牌吧,我不是买旧书的人!"说着把头掉开了。

我碰了这样一个大钉子,很失悔。这位书贾太不把人当钱了!我就偶尔把招牌认错,也犯不着以这样侮慢的态度来对待我!我抱着书仍旧回到寓所去。从冈山图书馆经过的时候,我突然对于它生出了惜别意来。这儿是使我认识了斯宾诺沙、泰戈尔、伽比儿、歌德、海涅、尼采诸人的地方。我的青年时代的一部分是埋葬在这儿的。我便想把我肘下挟着的两部书寄付在这儿。我一下了决心,便把书抱进馆去。那时因为下雨,馆里看书的一个人也没有。我向一位馆员交涉,说我愿意寄付两部书。馆员说馆长回家去了,叫我明天再来。我觉得这是再好也没有的,便把书交给了馆员,说明天再来,便各自走了。

啊,我平生没有遇着过这样快心的事。我把书寄付了之后,觉得心里非常恬静,非常轻松。雨伞上滴落着的雨声都带着音乐的谐调,赤足上蹴触着的行潦也觉得爽腻。啊,那爽腻的感觉!我想就是耶稣脚上受着玛格达伦①用香油涂抹时的感觉,也不过这样吧?——这样的感觉,到现在好像也还留在脚上,但已经隔了六年了。

把书寄付后的第二天,我便离去了冈山。我在那天不消

---

① Magdalene,通译"抹大拉的玛丽亚"。

说没有往图书馆去。六年来，我乘火车虽然前前后后地也经过冈山五六次，但都没有机会下车。在冈山三年间的生活回忆时常在我脑中苏活着；但恐怕永没有重到那儿的希望了？

啊，那儿有我和芳坞同过学的学校，那儿有我和晓芙同住过的小屋，那儿有我时常去登临的操山，那儿有我时常去划船的旭川，那儿有我每天清早上学、每晚放学必然通过的清丽的后乐园，那儿有过一位最后送我上火车的处女，这些都是使我永远不能忘怀的地方。但我现在最初想到的是我那《庾子山全集》和《陶渊明全集》的两部书呀！我那两部书不知道是否安然寄放在图书馆里？无名氏的寄付，未经馆长的过目，不知道是否遭了登录？看那样书籍的人，我怕近代的日本人中少有吧？即使遭了登录，想来也一定被置诸高阁，或者是被蠹鱼蛀食了。啊，但是哟，我的庾子山！我的陶渊明！我的旧友们哟！你们不要埋怨我的抛撇！你们也不要埋怨知音的寥落！我虽然把你们抛撇了，但我到了现在也还在镂心刻骨地思念着你们。你们即使不遇知音，但假如在图书馆中健在，也比落在贪婪的书贾手中经过一道铜臭的烙印，总要幸福得多吧？

啊，我的庾子山！我的陶渊明！旧友们哟！现在已是夜深，也是正在下雨的时候，我寄居在这儿的山中，也和你们冷藏在图书馆里的一样。但我想起六年前和你们别离的那个幸福的晚上，我觉得我也算不曾虚度此生了。

你们的生命是比我长久的，我的骨化成灰、肉化成泥时，我的神魂是借着你们永在。

一九二四年九月十七日

■ 郭沫若（1892—1978），诗人、作家、学者。原名郭开贞，著有诗集《女神》《星空》等，话剧《屈原》《蔡文姬》等，另有《中国古代社会研究》《甲骨文字研究》等多种学术著作。

叶圣陶

没有秋虫的地方

阶前看不见一茎绿草，窗外望不见一只蝴蝶，谁说是鹁鸽箱里的生活，鹁鸽未必这样枯燥无味呢。秋天来了，记忆就轻轻提示道："凄凄切切的秋虫又要响起来了。"可是一点影响也没有，邻舍儿啼人闹弦歌杂作的深夜，街上轮震石响邪许并起的清晨，无论你靠着枕头听，凭着窗沿听，甚至贴着墙角听，总听不到一丝秋虫的声息。并不是被那些欢乐的劳困的宏大的清亮的声音淹没了，以致听不出来，乃是这里根本没有秋虫。啊，不容留秋虫的地方！秋虫所不屑居留的地方！

若是在鄙野的乡间，这时候满耳朵是虫声了。白天与夜间一样地安闲；一切人物或动或静，都有自得之趣；嫩暖的阳光和轻淡的云影覆盖在场上，到夜呢，明耀的星月和轻微的凉风看守着整夜，在这境界这时间里惟一足以感动心情的就是秋虫的合奏。它们高低宏细疾徐作歇，仿佛经过乐师的精心训练，所以这样地无可批评，踌躇满志。其实它们每一个都是神妙的乐师；众妙毕集，各抒灵趣，那有不成人间绝响的呢。

虽然这些虫声会引起劳人的感叹，秋士的伤怀，独客的微喟，思妇的低泣；但是这正是无上的美的境界，绝好的自然诗篇，不独是旁人最欢喜吟味的，就是当境者也感受一种酸酸的麻麻的味道，这种味道在另一方面是非常隽永的。

大概我们所蕲求的不在于某种味道，只要时时有点儿味道尝尝，就自诩为生活不空虚了。假若这味道是甜美的，我们固然含着笑意来体味它；若是酸苦的，我们也要皱着眉头来辨尝它；这总比淡漠无味胜过百倍。我们以为最难堪而极欲逃避的，惟有这个淡漠无味！

所以心如槁木不如工愁多感，迷蒙的醒不如热烈的梦，一口苦水胜于一盏白汤，一场痛哭胜于哀乐两忘。这里并不是说愉快乐观是要不得的，清健的醒是不须求的，甜汤是罪恶的，狂笑是魔道的；这里只是说有味远胜于淡漠罢了。

所以虫声终于是足系恋念的东西。何况劳人秋士独客思妇以外还有无量数的人，他们当然也是酷嗜趣味的，当这凉意微逗的时候，谁能不忆起那美妙的秋之音乐？

可是没有，绝对没有！井底似的庭院，铅色的木门汀地，秋虫早已避去唯恐不速了。而我们没有它们的翅膀与大腿，不能飞又不能跳，还是死守在这里。想到"井底"与"铅色"，觉得象征的意味丰富极了。

一九二三年

叶圣陶（1894—1988），作家、出版家。本名叶绍钧。著有长篇小说《倪焕之》，短篇小说集《隔膜》，散文集《未厌居习作》，童话集《稻草人》等。

张恨水

对照情境

冬至矣,乃苦念北平。未至北平者,辄以北平之寒可怕。未知北平之寒,亦大有可爱处。试想四合院中,庭树杈丫,略有微影。积雪铺地,深可尺许。平常人家,北房窗户,玻璃窗板,宽均数尺,擦抹使无纤尘。当此之时,雪反射清光入室,柔和洞明。而室中火炉旺燃,暖如季春。案几之间,或置盆景数事,生趣盎然。虽着薄棉,亦无寒意。隔窗看户外一片银装玉琢,心地便觉平坦舒适。若得小斋,稍事布置,俗所谓窗明几净者,惟能于此际求之耳。

自然,雪非人人可赏者。冷眼旁观,则此项舒适反映,亦北平最烈。当满城风雪,街道入荒凉世界时,街旁羊肉火锅馆,正生意鼎盛。富家儿身拥重裘,乘御寒轿车,碾街上积雪作浪花飞,驰至门首,掀棉门帘而入,则百十具铜火锅,成排罗列店堂中,炭烟蒸汽,团结半空。堂中闷热不可当,亟卸皮裘,挽艳装少妇而趋入雅座。此等店门悉以玻璃为之,内外透视,则有褒人子身披败絮,肩上加以粗麻米袋,瑟缩门下,隔玻璃内窥,冀得半碗残汁。而雪花飞粘其枯发上冻结不化,银饰星缀。视其面,则紫而且乌,清涕自鼻中陆续渗出。同为人子,一门之隔,悬殊若是。然记得当年,固无人稍稍注意也。

虽然,此并不足为北平病,天下何处不如此。草此文十分钟前,见溪上小路,一滑竿抬过,抬前杠者,为一老人，鸠形鹄面，须蓬蓬如乱草，汗流如雨，气喘嘘嘘。而坐竿上者则西装壮汉，方闲眺野趣，口作微歌。此与北平羊肉馆前小景，又相较如何乎？

载于《山窗小品》单行本

上海杂志公司一九四六年十二月版

张恨水（1895—1967），作家。原名张心远。著有小说《春明外史》《金粉世家》《啼笑因缘》等。

郁达夫

江南的冬景

凡在北国过过冬天的人，总都知道围炉煮茗，或吃涮羊肉，剥花生米，饮白干的滋味。而有地炉、暖炕等设备的人家，不管它门外面是雪深几尺，或风大若雷，而躲在屋里过活的两三个月的生活，却是一年之中最有劲的一段蛰居异境；老年人不必说，就是顶喜欢活动的小孩子们，总也是个个在怀恋的，因为当这中间，有的是萝卜、鸭梨等水果的闲食，还有大年夜，正月初一、元宵等热闹的节期。

但在江南，可又不同；冬至过后，大江以南的树叶，也不至于脱尽。寒风——西北风——间或吹来，至多也不过冷了一日两日。到得灰云扫尽，落叶满街，晨霜白得像黑女脸上的脂粉似的清早，太阳一上屋檐，鸟雀便又在吱叫，泥地里便又放出水蒸气来，老翁小孩就又可以上门前的隙地里去坐着曝背谈天，营屋外的生涯了；这一种江南的冬景，岂不也可爱得很么？

我生长江南，儿时所受的江南冬日的印象，铭刻特深；虽则渐入中年，又爱上了晚秋，以为秋天正是读读书，写写字的人的最惠节季，但对于江南的冬景，总觉得是可以抵得过北方夏夜的一种特殊情调，说的摩登些，便是一种明朗的情调。

我也曾到过闽粤，在那里过冬天，和暖原极和暖，有时候到了阴历的年边，说不定还不得不拿出纱衫来着；

走过野人的篱落,更还看得见许多杂七杂八的秋花!一番阵雨雷鸣过后,凉冷一点,至多也只好换上一件夹衣,在闽粤之间,皮袍棉袄是绝对用不着的;这一种极南的气候异状,并不是我所说的江南的冬景,只能叫它作南国的长春,是春或秋的延长。

江南的地质丰腴而润泽,所以含得住热气,养得住植物;因而长江一带,芦花可以到冬至而不败,红叶亦有时候会保持得三个月以上的生命。像钱塘江两岸的乌桕树,则红叶落后,还有雪白的桕子着在枝头,一点一丛,用照相机照将出来,可以乱梅花之真。草色顶多成了赭色,根边总带点绿意,非但野火烧不尽,就是寒风也吹不倒的。若遇到风和日暖的午后,你一个人肯上冬郊去走走,则青天碧落之下,你不但感不到岁时的肃杀,并且还可以饱觉着一种莫名其妙的含蓄在那里的生气;"若是冬天来了,春天也总马上会来"的诗人的名句,只有在江南的山野里,最容易体会得出。

说起了寒郊的散步,实在是江南的冬日,所给与江南居住者的一种特异的恩惠;在北方的冰天雪地里生长的人,是终他的一生,也决不会有享受这一种清福的机会的。我不知道德国的冬天,比起我们江浙来如何,但从许多作家的喜欢以spaziergang①一字来做他们的创作题目的一点看来,大约是德国南部地方,四季的变迁,总也和我们的江南差仿不多。譬如说十九世纪的那位乡土诗人洛在格(Peter Rosegger)②罢,他用这一个"散步"做题目的文章尤其写得多,而所写的情形,却又是大半可以拿到中

---

① 德语,意为"散步"。
② 通译"罗泽格"。

国江浙的山区地方来适用的。

江南河港交流，且又地濒大海，湖沼特多，故空气里时含水分；到得冬天，不时也会下着微雨，而这微雨寒村里的冬霖景象，又是一种说不出的悠闲境界。你试想想，秋收过后，河流边三五家人家会聚在一道的一个小村子里，门对长桥，窗临远阜，这中间又多是树枝槎桠的杂木树林；在这一幅冬日农村的图上，再洒上一层细得同粉也似的白雨，加上一层淡得几不成墨的背景，你说还够不够悠闲？若再要点些景致进去，则门前可以泊一只乌篷小船，茅屋里可以添几个喧哗的酒客，天垂暮了，还可以加一味红黄，在茅屋窗中画上一圈暗示着灯光的月晕。人到了这一个境界，自然会得胸襟洒脱起来，终至于得失俱亡，死生不问了；我们总该还记得唐朝那位诗人做的"暮雨潇潇江上树"的一首绝句罢？诗人到此，连对绿林豪客都客气起来了，这不是江南冬景的迷人又是什么？

一提到雨，也就必然地要想到雪："晚来天欲雪，能饮一杯无？"自然是江南日暮的雪景。"寒沙梅影路，微雪酒香村"，则雪月梅的冬宵三友，会合在一道，在调戏酒姑娘了。"柴门闻犬吠，风雪夜归人"，是江南雪夜，更深人静后的景况。"前村深雪里，昨夜一枝开"，又到了第二天的早晨，和狗一样喜欢弄雪的村童来报告村景了。诗人的诗句，也许不尽是在江南所写，而做这几句诗的诗人，也许不尽是江南人，但假了这几句诗来描写江南的雪景，岂不直截了当，比我这一枝愚劣的笔所写的散文更美丽得多？

有几年，在江南也许会没有雨没有雪的过一个冬，到了春间阴历的正月底或二月初再冷一冷下一点春雪的；

去年（一九三四）的冬天是如此，今年的冬天恐怕也不得不然，以节气推算起来，大约太冷的日子，将在一九三六年的二月尽头，最多也总不过是七八天的样子。像这样的冬天，乡下人叫作旱冬，对于麦的收成或者好些，但是人口却要受到损伤；旱得久了，白喉、流行性感冒等疾病自然容易上身，可是想恣意享受江南的冬景的人，在这一种冬天，倒只会得感到快活一点，因为晴和的日子多了，上郊外去闲步逍遥的机会自然也多；日本人叫作hiking，德国人叫作spaziergang。狂者，所最欢迎的也就是这样的冬天。

窗外的天气晴朗得像晚秋一样；晴空的高爽，日光的洋溢，引诱得使你在房间里坐不住，空言不如实践，这一种无聊的杂文，我也不再想写下去了，还是拿起手杖，搁下纸笔，上湖上散散步罢！

刊于《文学（上海一九三三）》

一九三六年第六卷第一期

■ 郁达夫（1896—1945），作家。本名郁文。著有小说《沉沦》《春风沉醉的晚上》等，理论著作《小说论》。

丰子恺

野外理发处

我的船所泊的岸上,小杂货店旁边的草地上,停着一副剃头担。我躺在船榻上休息的时候,恰好从船窗中望见这副剃头担的全部。起初剃头司务独自坐在凳上吸烟,后来把凳让给另一个人坐了,就剃这个人的头。我手倦抛书,而昼梦不来,凝神纵目,眼前的船窗便化为画框,框中显出一幅现实的画图来。这图中的人物位置时时在变动,有时会变出极好的构图来,疏密匀称姿势集中,宛如一幅写实派的西洋画。有时微嫌左右两旁空地太多太少,我便自己变更枕头的放处,以适应他们的变动,而求船窗中的妥帖的构图。但妥帖的构图不可常得,剃头司务忽左忽右忽前忽后,行动变化不测,我的枕头刚刚放定,他们的位置已经移变了。唯有那个被剃头的人,身披白布,当模特儿一般地静坐着,大类画中的人物。

平日看到剃头,总以为被剃者为主人,剃者为附从。故被剃者出钱雇用剃头司务,而剃头司务受命做工;被剃者端坐中央,而剃头司务盘旋奔走。但绘画地看来,适得其反:剃头司务为画中主人,而被剃者为附从。因为在姿势上,剃头司务提起精神做工,好像雕刻家正在制作,又好像屠户正在杀猪。而被剃者不管是谁,都垂头丧气地坐着,忍气吞声地让他弄,好像病人正在求医,罪人正在受刑。听说今春杭州举行金刚法会时,班禅喇嘛叫某剃头司务来剃一个头,送他十块钱,剃头司务叩头道谢。若果有其事，这剃头司务剃"活佛"之头，受十元之赏，而以大礼答谢，可谓荣幸而恭敬了。但我想当他工作的时候，"活佛"也是默默地把头交付他，任他支配的。假如有人照一张"喇嘛剃头摄影"，挂起来当作画看，画中的主人必是剃头司务，而喇嘛为剃头司务的附从。纯粹用感觉来看，剃头这景象中，似觉只有剃头司务一个人；被剃的人暂时变成了一件东西。因为他无声无息，呆若木鸡；全身用白布包裹，只留出毛毛草草的一个头，而这头又被操纵在剃头司务之手，全无自主之权。请外科郎中开刀的人要叫"啊唷哇"，受刑罚的人要喊"青天大老爷"，独有被剃头的人一声不响，绝对服从地把头让给别人弄。因为我在船窗中眺望岸上剃头的景象，在感觉上但见一个人的活动，而不觉得其为两个人的勾当。我很同情于这被剃者：那剃头司务不管耳、目、口、鼻，处处给他抹上水，涂上肥皂，弄得他淋漓满头；拨他的下巴，他只得仰起头来；拉他的耳朵，他只得旋转头去。这种身体的不自由之苦，在照相馆的镜头前面只吃数秒钟，犹可忍也；但在剃头司务手下要吃个把钟头，实在是人情所难堪的！我们岸上这位被剃头者，忍耐力格外强：他的身体常常为了适应剃头司务的工作而转侧倾斜，甚至身体的重心越出他所坐的凳子之外，还是勉力支撑。我躺在船里观看，代他感觉非常的吃力。人在被剃头的时候，暂时失却了人生的自由，而做了被人玩弄的傀儡。

我想把船窗中这幅图画移到纸上。起身取出速写簿，拿了铅笔等候着。等到妥帖的位置出现，便写了一幅，放在船中的小桌子上，自己批评且修改。这被剃头者全身蒙着白布，肢体不分，好似一个雪菩萨。幸而白布下端的

左边露出凳子的脚，调剂了这一大块空白的寂寞。又全靠这凳脚与右边的剃头担子相对照，稳固了全图的基础。凳脚原来只露一只，为了它在图中具有上述的两大效用，我擅把两脚都画出了。我又在凳脚的旁边，白布的下端，擅自添上一朵墨，当作被剃头者的黑裤的露出部分。我以为有了这一朵墨，白布愈加显见其白；剃头司务的鞋子的黑在画的下端不致孤独。而为全图的主眼的一大块黑色——剃头司务的背心——亦得分布其同类色于画的左下角，可以增进全图的统调。为求这黑色的统调，我的签字须写得特别粗大些。

船主人于我下船时，给十个铜板与小杂货店，向他们屋后的地上采了一篮豌豆来，现在已经煮熟，送进一盘来给我吃。看见我正在热心地弄画，便放了盘子来看。"啊，画了一副剃头担！"他说："像在那里挖耳朵呢。小杂货店后面的街上有许多花样：捉牙虫的、测字的、旋糖的，还有打拳头卖膏药的……我刚才去采豆时从篱笆间望见，花样很多，明天去画！"我未及回答，在我背后的小洞门中探头出来看画的船主妇接着说："先生，我们明天开到南浔去，那里有许多花园，去描花园景致！"她话使我想起船舱里挂着一张照相：那照相里所摄取的，是一株盘曲离奇的大树，树下的栏杆上靠着一个姿态闲雅而装束楚楚的女子，好像一位贵妇人；但从相貌上可以辨明她是我们的船主妇。大概这就是她所爱好的花园景致，所以她把自己盛妆了加入在里头，拍这一张照来挂在船舱里的。我很同情于她的一片苦心。这照片仿佛表示：她在物质生活上不幸而做了船娘，但在精神生活上十足地是一位贵妇人。世间颇有以为凡画必须优美华丽的人；以为只有风、花、雪、月、朱栏、长廊、美人、名士是画的题材的人。我们这船主妇可说是这种人的代表。我吃着豌豆和这船家夫妇俩谈了些闲话，他们就回船梢去做夜饭。

一九三四年六月十日

丰子恺（1898—1975），作家、画家。著有散文集《缘缘堂随笔》《缘缘堂再笔》《率真集》等。译著有《源氏物语》。

朱自清

匆匆

　　燕子去了，有再来的时候；杨柳枯了，有再青的时候；桃花谢了，有再开的时候。但是，聪明的，你告诉我，我们的日子为什么一去不复返呢？——是有人偷了他们罢：那是谁？又藏在何处呢？是他们自己逃走了罢：现在又到了哪里呢？

　　我不知道他们给了我多少日子，但我的手确乎是渐渐空虚了。在默默里算着，八千多日子已经从我手中溜去。像针尖上一滴水滴在大海里，我的日子滴在时间的流里，没有声音，也没有影子。我不禁头涔涔而泪潸潸了。

　　去的尽管去了，来的尽管来着。去来的中间，又怎样地匆匆呢？早上我起来的时候，小屋里射进两三方斜斜的太阳。太阳他有脚啊，轻轻悄悄地挪移了，我也茫茫然跟着旋转。于是——洗手的时候，日子从水盆里过去；吃饭的时候，日子从饭碗里过去；默默时，便从凝然的双眼前过去。我觉察他去的匆匆了，伸出手遮挽时，他又从遮挽着的手边过去，天黑时，我躺在床上，他便伶伶俐俐地从我身上跨过，从我脚边飞去了。等我睁开眼和太阳再见，这算又溜走了一日。我掩着面叹息，但是新来的日子的影儿又开始在叹息里闪过了。

　　在逃去如飞的日子里，在千门万户的世界里的我能做些什么呢？只有徘徊罢了，只有匆匆罢了。在八千多日的匆匆里，除徘徊外，又剩些什么呢？过去的日子如轻烟，被微风吹散了，如薄雾，被初阳蒸融了。我留着些什么痕迹呢？我何曾留着像游丝样的痕迹呢？我赤裸裸来到这世界，转眼间也将赤裸裸的回去罢？但不能平的，为什么偏要白白走这一遭啊？

你聪明的，告诉我，我们的日子为什么一去不复返呢？

一九二二年三月二十八日

朱自清（1898—1948），作家，学者。著有散文集《背影》《你我》等，杂文集《论雅俗共赏》等，另有古典文学研究文集《经典常谈》等。

老舍

四位先生

吴组缃先生的猪

从青木关到歌乐山一带,在我所认识的文友中要算吴组缃先生最为阔绰。他养着一口小花猪。据说,这小动物的身价,值六百元。

每次我去访组缃先生,必附带的向小花猪致敬,因为我与组缃先生核计过了:假若他与我共同登广告卖身,大概也不会有人出六百元来买!

有一天,我又到吴宅去。给小江——组缃先生的少爷——买了几个比醋还酸的桃子。拿着点东西,好搭讪着骗顿饭吃,否则就太不好意思了。一进门,我看见吴太太的脸比晚日还红。我心里一想,便想到了小花猪。假若小花猪丢了,或是出了别的毛病,组缃先生的阔绰便马上不存在了!一打听,果然是为了小花猪:它已绝食一天了。我很着急,急中生智,主张给它点奎宁吃,恐怕是打摆子了。大家都不赞同我的主张。我又建议把它抱到床上盖上被子睡一觉,出点汗也许就好了;焉知道不是感冒呢?这年月的猪比人还娇贵呀!大家还是不赞成。后来,把猪医生请来了。我颇兴奋,要看看猪怎么吃药。猪医生把一些草药包在竹筒的大厚皮儿里,使小猪横衔着,两头向后束在脖子上:这样,药味与药汁便慢慢走入里边去。把药包儿束好,小花猪的口中好像生了两个翅膀,倒并不难看。

虽然吴宅有此骚动,我还是在那里吃了午饭——自然稍微的有点不得劲儿!

过了两天,我又去看小花猪——这回是专程探病,绝不为看别人;我知道现在猪的价值有多大——小花猪口中已无那个药包,而且也吃点东西了。大家都很高兴,我就又就棍打腿的骗了顿饭吃,并且提出声明:到冬天,得分给我几斤腊肉。组缃先生与太太没加任何考虑便答应了。吴太太说:"几斤?十斤也行!想想看,那天它要是一病不起……"大家听罢,都出了冷汗!

马宗融先生的时间观念

马宗融先生的表大概是,我想是一个装饰品。无论约他开会,还是吃饭,他总迟到一个多钟头,他的表并不慢。

来重庆,他多半是住在白象街的作家书屋。有的说也罢,没的说也罢,他总要谈到夜里两三点钟。假若不是别人都困得不出一声了,他还想不起上床去。有人陪着他谈,他能一直坐到第二天夜里两点钟。表、月亮、太阳,都不能引起他注意到时间。

比如说吧,下午三点他须到观音岩去开会,到两点半他还毫无动静。"宗融兄,不是三点,有会吗?该走了吧?"有人这样提醒他,他马上去戴上帽子,提起那有茶碗口粗的木棒,向外走。"七点吃饭,早回来呀!"大家告诉他。他回答一声"一定回来",便匆匆地走出去。

到三点的时候,你若出去,你会看见马宗融先生在门口与一位老太婆，或是两个小学生，谈话儿呢！即使不是这样，他在五点以前也不会走到观音岩。路上每遇到一位熟人，便要谈，至少有十分钟的话。若遇上打架吵嘴的，他得过去解劝，还许把别人劝开，而他与另一位劝架的打起来！遇上某处起火，他得帮着去救。有人追赶扒手，他必然得加入，非捉到不可。看见某种新东西，他得过去问问价钱，不管买与不买。看到戏报子，马上他去借电话，问还有票没有……这样，他从白象街到观音岩，可以走一天，幸而他记得开会那件事，所以只走两三个钟头，到了开会的地方，即使大家已经散了会，他也得坐两点钟，他跟谁都谈得来，都谈得有趣，很亲切，很细腻。有人刚买一条绳子，他马上拿过来练习跳绳——五十岁了啊！

七点，他想起来回白象街吃饭，归路上，又照样的劝架，救火，追贼，问物价，打电话……至早，他在八点半左右走到目的地。满头大汗，三步当作两步走的。他走了进来，饭早已开过了。

所以，我们与友人定约会的时候，若说随便什么时间，早晨也好，晚上也好，反正我一天不出门，你哪时来也可以，我们便说"马宗融的时间"吧！

姚蓬子先生的砚台

作家书屋是个神秘的地方，不信你交到那里一份文稿，而三五日后再亲自去索回，你就必定不说我扯谎了。

进到书屋，十之八九你找不到书屋的主人——姚蓬子先生。他不定在哪里藏着呢。他的被褥是稿子，他的枕头是稿子，他的桌上、椅上、窗台上……全是稿子。简单地说吧，他被稿子埋起来了。当你要稿子的时候，你可以看见一个奇迹。假如说尊稿是十张纸写的吧，书屋主人会由枕头底下翻出两张，由裤袋里掏出三张，书架里找出两张，窗子上揭下一张，还欠两张。你别忙，他会由老鼠洞里拉出那两张，一点也不少。

单说蓬子先生的那块砚台，也足够惊人了！那是块无法形容的石砚。不圆不方，有许多角儿，有任何角度。有一点沿儿，豁口甚多，底子最奇，四围翘起，中间的一点凸出，如元宝之背，它会像陀螺似的在桌子上乱转，还会一头高一头低地倾斜，如浪中之船。我老以为孙悟空就是由这块石头跳出去的！

到磨墨的时候，它会由桌子这一端滚到那一端，而且响如快跑的马车。我每晚十时必就寝，而对门儿书屋的主人要办事办到天亮。从十时到天亮，他至少有十次，一次比一次响——到夜最静的时候，大概连南岸都感到一点震动。从我到白象街起，我没做过一个好梦，刚一入梦，砚台来了一阵雷雨，梦为之断。在夏天，砚一响，我就起来拿臭虫。冬天可就不好办，只好咳嗽几声，使之闻之。

现在，我已交给作家书屋一本书，等到出版，我必定破费几十元，送给书屋主人一块平底的，不出声的砚台！

何容先生的戒烟

首先要声明：这里所说的烟是香烟，不是鸦片。

从武汉到重庆，我老同何容先生在一间屋子里，一直到前年八月间。在武汉的时候,我们都吸"大前门"或"使馆"牌;小大"英"似乎都不够味儿。到了重庆,小大"英"似乎变了质,越来越"够"味儿了,"前门"与"使馆"倒仿佛没了什么意思。慢慢的,"刀"牌与"哈德门"又变成我们的朋友,而与小大"英",不管是谁的主动吧,好像冷淡得日甚一日,不久,"刀"牌与"哈德门"又与我们发生了意见,差不多要绝交的样子。何容先生就决心戒烟!

在他戒烟之前,我已声明过:"先上吊,后戒烟!"本来吗,"弃妇抛雏"的流亡在外,吃不敢进大三元,喝么也不过是清一色(黄酒贵,只好吃点白干),女友不敢去交,男友一律是穷光蛋,住是二人一室,睡是臭虫满床,再不吸两支香烟,还活着干吗?可是,一看何容先生戒烟,我到底受了感动,既觉自己无勇,又钦佩他的伟大;所以,他在屋里,我几乎不敢动手取烟,以免动摇他的坚决!

何容先生那天睡了十六个钟头,一支烟没吸!醒来,已是黄昏,他便独自走出去。我没敢陪他出去,怕不留神递给他一支烟,破了戒!掌灯之后,他回来了,满面红光,含着笑从口袋中掏出一包土产卷烟来。"你尝尝这个。"他客气地让我,"才一个铜板一支!有这个,似乎就不必戒烟了!没有必要!"把烟接过来,我没敢说什么,怕伤了他的尊严。面对面的,把烟燃上,我俩细细地欣赏。头一口就惊人,冒的是黄烟,我以为他误把爆竹买来了!听了一会儿,还好,并没有爆炸,就继续放胆地吸。吸了不到四五口,我看见蚊子都争着向外边飞,我很高兴。既吸烟,又驱蚊,太可贵了!再吸几口之后,墙上又发现了臭虫，大概也要搬家，我更高兴了！吸到了半支，何容先生与我也跑出去了，他低声地说："看样子，还得戒烟！"

何容先生二次戒烟，有半天之久。当天的下午，他买来了烟斗与烟叶。"几毛钱的烟叶，够吃三四天的，何必一定戒烟呢！"他说。吸了几天的烟斗，他发现了：（一）不便携带；（二）不用力，抽不到；用力，烟油射在舌头上；（三）费洋火；（四）须天天收拾，麻烦！有此四弊，他就戒烟斗，而又吸上香烟了。"始作卷烟者，其无后乎！"他说。

最近二年，何容先生不知戒了多少次烟了，而指头上始终是黄的。

刊于《新民报晚刊》一九四二年六月

老舍（1899—1966），作家。原名舒庆春。著有长篇小说《离婚》《骆驼祥子》《四世同堂》《正红旗下》以及话剧《茶馆》等。

闻一多

贾岛

　　这像是元和长庆间诗坛动态中的三个较有力的新趋势。这边老年的孟郊，正哼着他那沙涩而带芒刺感的五古，恶毒的咒骂世道人心，夹在咒骂声中的，是卢仝、刘叉的"插科打诨"和韩愈的洪亮的嗓音，向佛老挑衅。那边元稹、张籍、王建等，在白居易的改良社会的大纛下，用律动的乐府调子，对社会泣诉着他们那各阶层中病态的小悲剧。同时远远的，在古老的禅房或一个小县的廨署里，贾岛、姚合领着一群青年人做诗，为各人自己的出路，也为着癖好，做一种阴黯情调的五言律诗（阴黯由于癖好，五律为着出路）。

　　老年中年人忙着挽救人心、改良社会，青年人反不闻不问，只顾躲在幽静的角落里做诗，这现象现在看来不免新奇，其实正是旧中国传统社会制度下的正常状态。不像前两种人，或已"成名"，或已通籍，在权位上有说话做事的机会和责任，这般没功名、没宦籍的青年人，在地位上、职业上可说尚在"未成年"时期，种种对国家社会的崇高责任是落不到他们肩上的。越俎代庖的行为是情势所不许的，所以恐怕谁也没想到那头上来。有抱负也好，没有也好，一个读书人生在那时代，总得做诗。做诗才有希望爬过第一层进身的阶梯。诗做到合乎某种程式，如其时运也凑巧，果然溷得一"第"，到那时，至少在理论上你才算在社会中"成年"了，才有说话做事的资格。否则万一你的诗做得不及或超过了程式的严限，或诗无问题而时运不济，那你只好做一辈子的诗，为责任做诗以自课，为情绪做诗以自遣。贾岛便是在这古怪制度之下被牺牲，也被玉成了的一个。在这种情形下，你若还怪他没有服膺孟郊到底，或加入白居易的集团，那你也可算不识时务了。

贾岛和他的徒众，为什么在别人忙着救世时，自己只顾做诗，我们已经明白了；但为什么单做五律呢？这也许得再说明一下。孟郊等为便于发议论而做五古，白居易等为讲故事而做乐府，都是为了各自特殊的目的，在当时习惯以外，匠心的采取了各自特殊的工具。贾岛一派人则没有那必要。为他们起见，当时最通行的体裁——五律就够了。一则五律与五言八韵的试帖最近，做五律即等于做功课，二则为拈拾点景物来烘托出一种情调，五律也正是一种标准形式。然而做诗为什么老是那一套阴霾、凛冽、峭硬的情调呢？我们在上文说那是由于癖好，但癖好又是如何形成的呢？这点似乎尤其重要。如果再明白了这点，便明白了整个的贾岛。

我们该记得贾岛曾经一度是僧无本。我们若承认一个人前半辈子的蒲团生涯，不能因一旦返俗，便与他后半辈子完全无关，则现在的贾岛，形貌上虽然是个儒生，骨子里恐怕还有个释子在。所以一切属于人生背面的、消极的、与常情背道而驰的趣味，都可溯源到早年在禅房中的教育背景。早年记忆中"坐学白骨塔"，或"三更两鬓几枝雪，一念双峰四祖心"的禅味，不但是"独行潭底影，数息树边身，……月落看心次，云生闭目中"一类诗境的蓝本，而且是"瀑布五千仞，草堂瀑布边，……孤鸿来夜半，积雪在诸峰"甚至"怪禽啼旷野，落日恐行人"的渊源。他目前那时代——一个走上了末路的，荒凉，寂寞，空虚，一切罩在一层铅灰色调中的时代，在某种意义上与他早年记忆中的情调是调和，甚至一致的。惟其这时代的一般情调，基于他早年的经验，可说是先天的与他不但面熟，而且知心，所以他对于时代，不至如孟郊那样愤恨，或白居易那样悲伤，反之，他却能立于一种超然地位，借此温寻他的记忆，端详它，摩挲它，仿佛一件失而复得的心爱的什物样。早年的经验使他在那荒凉得几乎狞恶的"时代相"前面，不变色，也不伤心，只感着一种亲切，融洽而已。于是他爱静，爱瘦，爱冷，也爱这些情调的象征——鹤、石、冰雪。黄昏与秋是传统诗人的时间与季候，但他爱深夜过于黄昏，爱冬过于秋。他甚至爱贫、病、丑和恐怖。他看不出"鹦鹉惊寒夜唤人"句一定比"山雨滴栖鹪"更足以令人关怀，也不觉得"牛羊识僮仆，既夕应传呼"较之"归吏封宵钥，行蛇入古桐"更为自然。也不能说他爱这些东西。如果是爱，那便太执著而于病态了。（由于早年禅院的教育，不执著的道理应该是他早已懂透了的。）他只觉得与它们臭味相投罢了。更说不上好奇。他实在因为那些东西太不奇，太平易近人，才觉得它们"可人"，而喜欢常常注视它们。如同一个三棱镜，毫无主见地准备接受并解析日光中各种层次的色调，无奈"世纪末"的云翳总不给他放晴，因此他最热闹的色调也不过"杏园啼百舌，谁醉在花傍！……身事岂能遂？兰花又已开"，和"柳转斜阳过水来"之类。常常是温馨与凄清糅合在一起，"芦苇声兼雨，芰荷香绕灯"，春意留恋在严冬的边缘上，"旧房山雪在，春草岳阳生"。他瞥见的"月影"偏偏不在花上而在"蒲根","栖鸟"不在绿杨中而在"棕花上"。是点荒凉感,就逃不脱他的注意,哪怕琐屑到"湿苔粘树瘿"。

以上这些趣味,诚然过去的诗人也偶尔触及到,却没有如今这样大量的、彻底的被发掘过,花样、层次也没有这样丰富。我们简直无法想象他给与当时人的,是如何深刻的一个刺激。不,不是刺激,是一种酣畅的满足。初唐的华贵,盛唐的壮丽,以及最近十才子的秀媚,都已腻味了,而且容易引起一种幻灭感。他们需要一点清凉,甚至一点酸涩来换换口味。在多年的热情与感伤中,他们的感情也疲乏了。现在他们要休息。他们所熟的禅宗与老庄思想也这样开导他们。孟郊、白居易鼓励他们再前进。眼看见前进也是枉然,不要说他们早已声嘶力竭。况且有时在理论上就释道二家的立场说,他们还觉得"退"才是正当办法。正在苦闷中,贾岛来了,他们得救了,他们惊喜得像发现了一个新天地,真的,这整个人生的半面,犹如一日之中有夜,四时中有秋冬,——为什么老被保留着不许窥探?这里确乎是一个理想的休息场所,让感情与思想都睡去,只感官张着眼睛往有清凉色调的地带涉猎去。"叩齿坐明月,揖颐望白云",休息又休息。对了,惟有休息可以驱除疲惫,恢复气力,以便应付下一场的紧张。休息,这政治思想中的老方案,在文艺态度上可说是第一次被贾岛发现的。这发现的重要性可由它在当时及以后的势力中窥见。由晚唐到五代,学贾岛的诗人不是数字可以计算的,除极少数鲜明的例外,是向着词的意境与词藻移动的,其余一般的诗人大众,也就是大众的诗人,则全属于贾岛。从这观点看,我们不妨称晚唐五代为贾岛时代。他居然被崇拜到这地步：

> 李洞……酷慕贾长江，遂铜写岛像，戴之巾中，常持数珠念贾岛佛。人有喜贾岛诗者，洞必手录岛诗赠之，叮咛再四曰："此无异佛经，归焚香拜之。"（《唐才子传》九）
>
> 南唐孙晟……尝画贾岛像，置于屋壁，晨夕事之。（《郡斋读书志》十八）

上面的故事，你尽可解释为那时代人们的神经病的象征，但从贾岛方面看，确乎是中国诗人从未有过的荣誉，连杜甫都不曾那样老实的被偶像化过；你甚至说晚唐五代之崇拜贾岛是他们那一个时代的偏见和行动，但为什么几乎每个朝代的末叶都有回向贾岛的趋势？宋末的四灵，明末的钟谭，以至清末的同光派，都是如此。不宁惟是。即宋代江西派在中国诗史上所代表的新阶段，大部分不也是从贾岛那分遗产中得来的盈余吗？可见每个在动乱中灭毁的前夕都需要休息，也都要全部的接受贾岛，而在平时，也未尝不可以部分的接受他，作为一种调剂，贾岛毕竟不单是晚唐五代的贾岛，而是唐以后各时代共同的贾岛。

刊于《中央日报》"文艺"副刊
一九四一年二月十一日第十八期

闻一多（1899—1946），作家、诗人、学者。原名闻家骅。著有诗集《红烛》《死水》，学术著作《神话与诗》《唐诗杂论》等。

俞平伯

记在清宫所见朱元璋的谕旨

书名　　《太祖皇帝钦录》——明代抄本。
书的样子　蓝面，黄签，经折式，文皆楷书，有红圈断句。

这本书里载的都是朱元璋的谕旨，以口旨密旨居多；但亦有长章大篇的，如《祭秦王文》之类是。所记的如分析之，不外下列四项：

(1) 他的家务（训谕诸王）。
(2) 杀戮臣子。
(3) 关于军政等国事。
(4) 不有重大意义的杂事。

这不是正式的官文书，乃是明宫的密件。看他训诸王的话，都无非是叫他们怎样防臣下谋逆，尤以对于秦王之死最为寒心。他说秦王是大约被进樱桃煎毒死的，究竟是否如此固是疑问，而他的疑鬼疑神的心理却全然流露了。他在那边告诉诸王说，仿佛是这样的："你们看榜样罢！你们小心些罢！"史称明祖雄猜，是不曾冤枉他的。他的多疑亦非得已，只是骑虎之势不得不然耳。疑今先生说："古之警跸，人民之畏其上也；今之警跸，在上者之畏其人民也。"（见《京报副刊》第一一七号）如他之所谓古，只是太古，我不得而证明其非是；若他把秦汉迄明清亦包括在"古"里去，那位疑今先生未免专门会疑今，太不解疑古了。古之皇帝岂能远胜于我们之执政，他正在那边抖瑟瑟的害怕着呢！

那篇《祭秦王文》是很有趣的文字。祭文我见得很多，无非痛悼赞美不休，真真是"肉麻当有趣"。至于把它们做得和檄文一般的，你们见过吗？我想你们还没有见过呢。《祭秦王文》就是那么一篇妙文。开首说了一段，我记不大真了，总是说："你的死是自作自受的。我列举你的罪过，你试听咱！"下面便一条一条的指斥着。每一条首，都标着"一"字，乍然一看，简直不多不少是一篇檄文。而且全文是异常的冗长，更足见朱元璋的令郎是死有余辜的了。这在当年，必也是宫闱秘密，不可外扬的家丑，我们今日何幸而得见之。秦王的过失是些什么，仓卒间不能记录，只记得斥他的荒恣有一桩最可笑：他使宫人以墨涂面，用大紫茄二枚缀于两肩，使人肩之而行。闭目思之，成何光景？还有秦王暴卒的状况——秦府的原报告——亦记载甚详，惜时促，亦不及记录矣。

原文入我的札记中只有三节，都是很短的，长的来不及抄。两条是杀人，一条是零碎事，兹各引录。

奉天门晚朝奏，犯人常升孙恪下家人一十六名，火者七名……奉圣旨："但是男子着王那里都废了，妻子就那里配与人。钦此。"

火者不知是指什么？是否指的是仆役们？

洪武二十六年二月十九日锦衣卫百户郝进传奉圣旨："蓝总兵通着军前卫指挥千户百户总旗小旗造

反，凌迟了。着王那里差的当人同郝进去，将会宁侯并他的儿子都凌迟了，家人成丁的也废了，妇女与晋府配军。马匹多时，牵两三匹回来，其余的交在晋府。家财解来京城，来东胜马匹多。好生机密！着那里不要出号令。钦此。"

这一条较为重要。蓝总兵是蓝玉，明朝开国大功臣之一。史称洪武廿六年诛玉，与此合；又称此狱列侯以下坐党夷灭者万五千人，元功宿将相继尽矣，与此亦合。王大约是指晋王棡，从下文屡言晋府知之。会宁侯是谁，待考。只这两条，朱元璋的残忍已如见：不出号令，族诛功臣，更觉森然可怖。因此想起"臣罪当诛，天王圣明"这句话，不禁替古人担忧。

洪武二十九年六月二十一日晚朝，于右顺门钦奉圣旨："你回去和你王说，祭了社稷同燕王一同来。着你王差人去和燕王说，弟兄两个一同到京。钦此。"

这是节录的，其上有使者到日及名姓。所谓"你王"，大约亦晋王。其时秦王早死了，只有晋王和燕王封地相接；且在此书中赐晋王谕甚多。按史在二十九年后未言二王入朝，殆终未实行耳。

此书以外，更有原抄本《皇明祖训》一部，用黄绫包裹。我因翻检前书，遂未及看，不知那里讲些什么。按史称洪武二十八年九月颁行《皇明祖训》，并谓后世有言更祖制者以奸臣论；则此书中必有很关重要的朝章国故，惜不能一并阅览之。

　　点查的时日是一九二五年四月十一日，地点是景阳宫御书房。

一九二五年四月十三日

俞平伯（1900—1990），作家、学者。著有诗集《冬夜》，散文集《燕知草》《杂拌儿》，以及学术著作《红楼梦研究》等。

废名

蝇

我故意取这一个字做题目，让大家以为我是讨厌苍蝇。我的意思不是那样，我是想谈周美成的一首词，看他拿蝇子来比女子，而且把这个蝇子写得多么有个性，写得很美好。看起来文学里没有可回避的字句，只看你会写不会写，看你的人品是高还是下。若敢于将女子与苍蝇同日而语之，天下物事盖无有不可以入诗者矣。在《片玉集》卷之六"秋景"项下有《醉桃源》一首，其词曰：

冬衣初染远山青，双丝云雁绫，夜寒袖湿欲成冰，都缘珠泪零。
情黯黯，闷腾腾，身如秋后蝇，若教随马逐郎行，不辞多少程。

杜甫诗，"况乃秋后转多蝇"，我们谁都觉得这些蝇儿可恶，若女儿自己觉得自己闷得很，自己觉得那儿也不是安身的地方，行不得，坐不得，在离别之后理应有此人情，于是自己情愿自己变做苍蝇，跟着郎的马儿跑，此时大约拿鞭子挥也挥不去，而自己也理应知道不该逐这匹马矣。因了这个好比喻的原故，把女儿的个性都表现出来了，看起来那么闹哄哄似的，实在闺中之情写得寂寞不过，同时路上这匹马儿也写得好，写得安静不过，在寂寞的闺中矣。因了这匹马儿，我还想说一匹马。温飞卿词：

"荡子天涯归棹远。春已晚,莺语空肠断。若耶溪,溪水西,柳堤,不闻郎马嘶。"第一句写的是船,我看这只船儿并不是空中楼阁,女儿眼下实看见了一只船,只是荡子归棹此时不知走到那里,"千山万水不曾行",于是一只船儿是女儿世界矣。这并不是我故意穿凿,请看下面这一匹马,"柳堤,不闻郎马嘶",同前面那只船一样的是写景,柳堤看见马,盼不得郎马,——不然怎么凭空的诗里会有那么一个声音的感觉呢?船是归棹,马也应是回来的马,一个自然要放在远水,一个又自然近在柳堤矣。这些都是善于描写女子心理。

刊于北平《世界日报·明珠》
一九三六年十月一日

■ 废名(1901—1967),作家、学者。本名冯文炳。著有小说《桥》《莫须有先生传》等。

沈从文

滕回生堂今昔

我六岁左右时害了疳疾，一张脸黄僵僵的，一出门身背后就有人喊"猴子猴子"。回过头去搜寻时，人家就咧着白牙齿向我发笑。扑拢去打吧，人多得很。装作不曾听见吧，那与本地人的品德不相称。我很羞愧，很生气。家中外祖母听从佣妇、挑水人、卖炭人与隔邻轿行老妇人出主意，于是轮流要我吃热灰里焙过的"偷油婆""使君子"，吞雷打枣子木的炭粉，黄纸符烧纸的灰渣，诸如此类药物，另外还逼我诱我吃了许多古怪东西。我虽然把这些很稀奇的丹方试了又试，蛔虫成绞成团地排出，病还是不得好，人还是不能够发胖。照习惯说来，凡为一切药物治不好的病，便同"命运"有关。家中有人想起了我的命运，当然不乐观。

关心我命运的父亲，特别请了一个卖卦算命土医生来为我推算流年，想法禳解命根上的灾星。这算命人把我生辰干支排定后，就向我父亲建议：

"大人，把少爷拜给一个吃四方饭的人作干儿子，每天要他吃习皮草蒸鸡肝，有半年包你病好。病不好，把我回生堂牌子甩了丢到大河潭里去！"

父亲既是个军人，毫不迟疑地回答说：

"好，就照你说的办。不用找别人，今天日子好，你留在这里喝酒，我们打了干亲家吧。"

两个爽快单纯的人既同在一处，我的命运便被他们派定了。

一个人若不明白我那地方的风俗,对于我父亲的慷慨处会觉得稀奇。其实这算命的当时若说:"大人,把少爷拜寄给城外碉堡旁大冬青树吧。"我父亲还是会照办的。一株树或一片古怪石头,收容三五十个寄儿,照本地风俗习惯,原是件极平常事情。且有人拜寄牛栏拜寄井水的,人神同处日子竟过得十分调和,毫无龃龉。

我那寄父除了算命卖卜以外,原来还是个出名草头医生,又是个拳棒家。尖嘴尖脸如猴子,一双黄眼睛炯炯放光,身材虽极矮小,实可谓心雄万夫。他把铺子开设在一城热闹中心的东门桥头上,字号名"滕回生堂"。那长桥两旁一共有二十四间铺子,其中四间正当桥垛墩,比较宽敞,许多年以前,他就占了有垛墩的一间。住处分前后两进,前面是药铺,后面住家。铺子中罗列有羚羊角、穿山甲、马蜂巢、猴头、虎骨、牛黄、马宝,无一不备。最多的还是那几百种草药,成束成把的草根木皮,堆积如山,一屋中也就长年为草药蒸发的香味所笼罩。

铺子里间房子窗口临河,可以俯瞰河里来回的柴炭船、米船、甘蔗船。河身下游约半里,有了转折,因此迎面对窗便是一座高山。那山头春夏之际作绿色,秋天作黄色,冬天则为烟雾包裹时作蓝色,为雪遮盖时只一片炫目白色。屋角隅陈列了各种武器,有青龙偃月刀、齐眉棍、连枷、钉耙。此外还有一个似桶非桶似盆非盆的东西,原来这是我那寄父年轻时节习站功所用的宝贝。他学习拉弓,想把腿脚姿势弄好,每个晚上蜷伏到那木桶里去熬夜。想增加气力,每早从桶中爬出时还得吃一条黄鳝的鲜血。站了木桶两整年,吃了黄鳝数百条,临到应考时,却被一个习武的仇人摘发他身份不明,取消了考试资格。他因此赌气离开了家乡,来到武士荟萃的凤凰县卖卜行医。为人既爽直慷慨,且能喝酒划拳,极得人缘,生涯也就不恶。作了医生尚舍不得把那个木桶丢开,可想见他还不能对那宝贝忘情。

他家中有个太太,两个儿子。太太大约一年中有半年都把手从大袖筒缩到衣里去,藏了一个小火笼在衣里烘烤,眯着眼坐在药材中,简直是一只大猫。两个儿子大的学习料理铺子,小的上学读书。两老夫妇住在屋顶,两个儿子住在屋下层桥墩上。地方虽不宽绰,那里也用木板夹好,有小窗小门,不透风,光线且异常良好。桥墩尖劈形处,石罅里有一架老葡萄树,得天独厚,每年皆可结许多球葡萄。另外还有一些小瓦盆,种了牛膝、三七、铁钉台、隔山消等等草药。尤其古怪的是一种名为"罂粟"的草花,还是从云南带来的,开着艳丽煜目的红花,花谢后枝头缀绿色果子,果子里据说就有鸦片烟。

当时一城人谁也不见过这种东西,因此常常有人老远跑来参观。当地一个拔贡还做了两首七律诗,赞咏那个稀奇少见的植物,把诗贴到回生堂武器陈列室板壁上。

桥墩离水面高约四丈,下游即为一潭,潭里多鲤鱼鳜鱼。两兄弟把长绳系个钓钩,挂上一片肉,夜里垂放到水中去,第二天拉起就常常可以得一尾大鱼。但我那寄父却不许他们如此钓鱼,以为那么取巧,不是一个男子汉所当为。虽然那么骂儿子,有时把钓来的鱼不问死活依然扔到河里去,有时也会把鱼煎好来款待客人。他常奖励两个儿子过教场去同兵将子弟寻衅打架,大儿子常常被人打得头破血流回来时,作父亲的一面为他敷那秘制药粉,一面就说:"不要紧,不要紧,三天就好了。你怎么不照我教你那个方法把那苗子放倒?"说时有点生气了,就在儿子额角上一弹,加上一点惩罚,看他那神气,就可明白站木桶考武秀才被屈,报仇雪耻的意识还存在。

我得了这样一个寄父,我的命运自然也就添了一个注脚,便是"吃药"了。我从他那儿大致尝了一百样以上的草药。假若我此后当真能够长生不老,一定便是那时吃药的结果。我倒应当感谢我那个命运,从一分吃药经验里,因此分别得出许多草药的味道、性质以及它们的形状。且引起了我此后对于辨别草木的兴味。其次是我吃了两年多鸡肝。这一堆药材同鸡肝,显然对于此后我的体质同性情都大有影响。

那桥上有洋广杂货店,有猪牛羊屠户案桌,有炮仗铺与成衣铺,有理发馆,有布号与盐号。我既有机会常常到回生堂去看病,也就可以同一切小铺子发生关系。我很满意那个桥头,那是一个社会的雏形,从那方面我明白了各种行业,认识了各样人物。凸了个大肚子胡须满腮的屠户,站在案桌边,扬起大斧"擦"的一砍,把肉剁下后随便一秤,就猛向人菜篮中掼去,"镇关西"式人物,那神气真够神气。平时以为这人一定极其凶横蛮霸,谁知他每天拿了猪脊髓到回生堂来喝酒时,竟是个异常和气的家伙!其余如剃头的、缝衣的,我同他们认识以后,看他们工作,听他们说些故事新闻,也无一不是很有意思。我在那儿真学了不少东西,知道了不少事情。所学所知比从私塾里得来的书本知识当然有趣得多,也有用得多。

那些铺子一到端午时节,就如我写《边城》故事那个情形，河下竞渡龙船，从桥洞下来回过身时，桥上有人用叉子挂了小百子边炮悬出吊脚楼，必必拍拍的响着。夏天河中涨了水，一看上游流下了一只空船，一匹牲畜，一段树木，这些小商人为了好义或好利的原因，必争着很勇敢的从窗口跃下，凫水去追赶那些东西。不管漂流多远，总得把那东西救出。关于救人的事，我那寄父总不落人后。

他只想亲手打一只老虎，但得不到机会。他说他会点血，但从不见他点过谁的血。一口典型的麻阳话，开口总给人一种明朗愉快印象。

民国二十二年旧历十二月十九日，距我同那座大桥分别时将近十二年，我又回到了那个桥头了。这是我的故乡，我的学校，试想想，我当时心中怎样激动！离城二十里外我就见着了那条小河。傍着小河溯流而上，沿河绵亘数里的竹林，发蓝叠翠的山峰，白白阳光下造纸坊与制糖坊，水磨与水车，这些东西皆使我感动得厉害！后来在一个石头碉堡下，我还看到一个穿号褂的团丁，送了个头裹孝布的青年妇人过身。那黑脸小嘴高鼻梁青年妇人，使我想起我写的《凤子》故事中角色。她没有开口唱歌，然而一看却知道这妇人的灵魂是用歌声喂养长大的。我已来到我故事中的空气里了，我有点儿痴。环境空气，我似乎十分熟悉，事实上一切都已十分陌生！

见大桥时约在下午两点左右，正是市面最热闹时节。我从一群苗人一群乡下人中拥挤上了大桥，各处搜寻没有发现"滕回生堂"的牌号。回转家中我并不提起这件事。第二天一早，我得了出门的机会，就又跑到桥上去，排家注意，终于在桥头南端，被我发现了一家小铺子。铺子中堆满了各样杂货，货物中坐定了一个瘦小如猴干瘪瘪的中年人。从那双眯得极细的小眼睛，我记起了我那个干妈。这不是我那干哥哥是谁？

我冲近他身边时，那人就说：

"唉，你要什么？"

"我要问你一个人，你是不是松林？"

里间屋孩子哭起来了，顺眼望去，杂货堆里那个圆形大木桶里，正睡了一对大小相等仿佛孪生的孩子。我万万想不到圆木桶还有这种用处，我话也说不来了。

但到后我告给他我是谁，他把小眼睛愣着瞅了我许久，一切弄明白后，便慌张得只是搓手，赶忙让我坐到一捆麻上去。

"是你！是茂林！……""茂林"是我干爹为我起的名字。

我说："大哥，正是我！我回来了！老人家呢？"

"五年前早过世了！"

"嫂嫂呢？"

"六月里过去了！剩下两只小狗。"

"保林二哥呢？"

"他在辰州，你不见到他？他作了王村禁烟局长，有出息，讨了个乖巧屋里人，乡下买得三十亩田，作员外！"

我各处一看，卦桌不见了，横招不见了，触目全是草药。

"你不算命了吗？"

"命在这个人手上，"他说时翘起一个大拇指，"这里人已没有命可算！"

"你不卖药了吗？"

"城里有四个官药铺，三个洋药铺。苗人都进了城，卖草药人多得很，生意不好做！"

他虽说不卖药了，小屋子里其实还有许多成束成捆的草药。而且恰好这时就有个兵士来买专治腹痛的"一点白"，把药找出给人后，他只捏着那两枚当一百的铜元，向我呆呆地笑。大约来买药的也不多了，我来此给他开了一个利市。

他一面茫然的这样那样数着老话，一面还尽瞅着我。忽然发问："你从北京来南京来？"

"我在北平做事！"

"做什么事？在中央，在宣统皇帝手下？"

我就告诉他，既不在中央，也不是宣统手下。他只作成相信不过的神气，点着头，且极力退避到屋角隅去，俨然为了安全非如此不成。他心中一定有一个新名词作祟："你可是个共产党？"他想问却不敢开口，他怕事。他只轻轻地自言自语说："城内前年杀了两个，一刀一个。那个韩安世是韩老丙的儿子。"

有人来购买烟扦，他便指点人到对面铺子去买。我问他这桥上铺子为什么都改成了住家户。他就告我，这桥上一共有十家烟馆，十家烟馆里还有三家可以买黄吗啡。此外又还有五家卖烟具的杂货铺。

一出铺子到城边时，我就碰一个烟帮过身。两连护送兵各背了本地制最新半自动步枪，人马成一个长长队伍，共约三百二十余担黑货，全是从贵州来的。

我原本预备第二天过河边为这长桥摄一个影留个纪念，一看到桥墩，想起二十七年前那钵罂粟花，且同时想起目前那十家烟馆三家烟具店，这桥头的今昔情形，把我照相的勇气同兴味全失去了。

一九三四年十二月

▍沈从文(1902—1988),作家、学者。原名沈岳焕。著有中篇小说《边城》《长河》,短篇小说《柏子》《八骏图》《丈夫》,散文集《湘西》《湘西行记》等,以及学术著作《中国古代服饰研究》等。

梁实秋

火车

我在上海中国公学教书的时候,每星期要去吴淞两三次,在天通庵搭小火车到炮台湾,大约十五分钟。火车虽然破旧,却是中国最早建设的铁路。清同治年间由英商怡和洋行鸠工开建,后由清廷购回,光绪二十三年全线完成。当初兴建伊始,当地愚民反对,酿成毁路风潮。那一段历史恐怕大家早已忘了。

我同时在贤南大学授课,每星期要去真如三次,由上海北站搭四等慢车(即铁棚货车)到真如,约十分钟,票价一角。有一次在车站挤着买票,那时候尚无排队习惯,全凭体力挤进挤出。票是买到了,但是衣袋里的皮夹被小偷摸去。一位好心的朋友告诉我,不可声张,可以替我找回来,如果里面有紧要的东西,我说里面只有数十元和一张无价的照片。他说那就算了,因为找回来也要酬谢弟兄们一笔钱。这是我生平第一次听说东西被偷还可以找回来,其中奥妙无穷。

火车是分等级的。四等火车恐怕很多人没有搭过。我说搭,不说坐,因为根本没有座位,而且也没有窗户。搭四等车的人不一定就是四等人,等于搭头等车的不一定就是头等人。而且搭四等车的人不一定一辈子永远搭四等车,等于搭头等车的也不一定一辈子永远搭头等车。好像人有阶级之分,其实随时也有升降,变化是很多的。教书的人能享受四等火车的交通之便,实已很是幸运了,虽然车里是黑洞洞的，而且还有令人作呕的便溺气味。

当年最豪华的火车是津浦路的蓝钢车。车厢包上一层蓝色钢铁皮，与众不同，显著高贵。头等卧车装饰尤其美观，老舍一篇题名《火车》的小说，描写头等乘客在厚厚软软的地毯上吐痰，确是写实，并非虚撰。这样做是表示他的特殊身份。最令我惊讶的是头等车厢里的侍者礼貌特别周到，由津至浦要走一天一夜。夜间要查票，而头等客可以不受惊扰，安睡一夜，因为侍者在晚间早就把车票收去，查票的人走过头等车厢也特别把声音压低，在侍者手中查看车票，悄悄的就走过去了，真是体贴。查票的人走到二等车里，态度就稍有变化，嗓门提高；到了三等车里，就不免大声吼叫推醒那些打瞌睡的客人。

不要以为蓝钢车总是舒适如意，也曾出过纰漏。民国十二年盗匪孙美瑶啸聚一群喽啰在津浦路线上临城附近的抱犊谷。这抱犊谷是一座山，形势天成，入口极狭，据传说谷内耕牛是当初抱犊以入。孙美瑶过着打家劫舍的生活，意犹未足，看着火车呜呜的从山下蜿蜒而过，忽发奇想。他截断路轨，把一列火车车上数百名中外旅客一股脑儿掳上了山作为人质。害得军阀大吏手足无措。事涉被掳中外人士之安全，投鼠忌器，不敢动武。结果是几经折冲，和平解决，人质释放，盗匪收编为正式军队，孙美瑶获得旅长官衔。这就是轰动中外的临城劫车案。还有一个尾声，听说后来孙美瑶旅长不知怎么的还是被杀掉了。就我所记忆，如此规模的劫火车只发生过这么一遭。外国也有劫车案，有我们的这样多彩多姿么？

现在美国，火车已经是落伍的交通工具，在没有飞机和全国快速公路网的时代，坐火车从西海岸到东海岸是一大享受。沿途的风景，目不暇给。旅客不拥挤，座位很舒适，不分等级，只是卧铺另加费用。十几年前我旅游华府到纽约，就有人劝我要坐火车，因为以后可能将没有火车可坐了。果然，车站一片荒凉，车上乘客寥寥无几，往日的繁华哪里去了？

有人嫌火车走得慢，又有人嫌火车冒烟脏。人类浪费时间精力做好多好多不该做的事，何必斤斤计较旅途所耗的时间？纵然火车走得像枪弹一般快，车上的人忙的是什么？火车冒烟是脏，可是冒烟的并不只是火车，何况现在火车多不冒烟了。如果老远看火车冒黑烟或吐白气，那景象却不一定讨厌。记得抗战时我住在四川北碚，天气晴朗，搬藤椅在门前闲坐，遥望对面层峦叠嶂之中忽然闪出一缕白烟，呼啸而过，隐隐然听到汽笛之声。"此非恶声也"，那是天府煤矿的运煤的小火车。那是"天府之国"当时唯一的一段铁路。我看了很开心，和看近处梯田中"一行白鹭上青天"同样开心。说起四川省的铁路之兴建，其事甚早，光绪末年就有川汉铁路之议，宣统年间还引起铁路风潮，成为革命导火线之一。民国二十五年又有川黔铁路的计划。一再拖延以迄于今。可是抗战时经过重庆到成都公路的人，应该记得那条公路的路基特别高，路面相当阔，因为那条公路正是当年成渝铁路的未完成的遗址。

有一年由某大员陪同坐火车到郑州。途经某处，但见上有高山，下有清涧，竹篱茅舍，俨若桃源。我凭窗眺望，不禁说了一句赞叹的话："这地方风景如画，可惜火车走得太快，一下子就要过去了。"某大员立刻招呼："叫火车停下来。"火车真的停下来了，让我们细细观赏那一片景物。此事不足为训,可是给了我一个难忘而复杂的感触:"大丈夫不可一日无权",但是享特权算得是大丈夫么?

头等乘客在未上车之前即已享受头等待遇,车站里有头等候车室。里面有座位,有茶水,有人代理票务。在台湾好像某些车站有所谓贵宾室,任何神气活现的人都可以走进去以贵宾姿态出现。上车的时候不需经由栅门剪票,他可以从一个侧门昂然而入,还有人笑容满面地照料他登车。其实,熙来攘往,无非名利之徒,谁是贵宾?

后记

潘霖先生来信说:"成渝铁路勘定路线与公路有相当距离,且成渝公路沿线有不少九十度直角弯道,实不可能循此线建铁路。"也许我所说的系传闻有误。

又,马晋封先生来信说:"抱犊谷之谷字该是峪。"

载于《雅舍散文》
台湾九歌出版社一九八五年版

梁实秋(1903—1987),作家、学者、翻译家。原名梁治华。著有散文集《雅舍小品》等,学术著作《英国文学史》,译著《莎士比亚全集》等。

巴金

一个车夫

这些时候我住在朋友方的家里。

有一天我们吃过晚饭，雨已经住了，天空渐渐地开朗起来。傍晚的空气很凉爽。方提议到公园去。

"洋车！洋车！公园后门！"我们站在街口高声叫道。

一群车夫拖着车子跑过来，把我们包围着。

我们匆匆跳上两部洋车，让车夫拉起走了。

我在车上坐定了，用安闲的眼光看车夫。我不觉吃了一惊。在我的眼前晃动着一个瘦小的背影。我的眼睛没有错。拉车的是一个小孩，我估计他的年纪还不到十四。

"小孩儿，你今年多少岁？"我问道。

"十五岁！"他很勇敢、很骄傲地回答，仿佛十五岁就达到成人的年龄了。他拉起车子向前飞跑。他全身都是劲。

"你拉车多久了？"我继续问他。

"半年多了。"小孩依旧骄傲地回答。

"你一天拉得到多少钱？"

"还了车租剩得下二十吊钱！"

我知道二十吊钱就是四角钱。

"二十吊钱，一个小孩儿，真不易！"拉着方的车子的中年车夫在旁边发出赞叹了。

"二十吊钱，你一家人够用？你家里有些什么人？"方听见小孩的答话，也感到兴趣了，便这样地问了一句。

这一次小孩却不作声了,仿佛没有听见方的话似的。他为什么不回答呢?我想大概有别的缘故,也许他不愿意别人提这些事情,也许他没有父亲,也许连母亲也没有。

"你父亲有吗?"方并不介意,继续发问道。

"没有!"他很快地答道。

"母亲呢?"

"没有!"他短短地回答,声音似乎很坚决,然而跟先前的显然不同了。声音里漏出了一点痛苦来。我想他说的不一定是真话。

"我有个妹子,"他好像实在忍不住了,不等我们问他,就自己说出来,"他把我妹子卖掉了。"

我一听这话马上就明白这个"他"字指的是什么人。我知道这个小孩的身世一定很悲惨。我说:

"那么你父亲还在——"

小孩不管我的话,只顾自己说下去:"他抽白面,把我娘赶走了,妹子卖掉了,他一个人跑了。"

这四句短短的话说出了一个家庭的惨剧。在一个人幼年所能碰到的不幸的遭遇中,这也是够厉害的了。

"有这么狠的父亲!"中年车夫慨叹地说了。"你现在住在哪儿?"他一面拉车,一面和小孩谈起话来。他时时安慰小孩说:"你慢慢儿拉,省点儿力气,先生们不怪你。"

"我就住在车厂里面。一天花个一百子儿。剩下的存起来……做衣服。"

"一百子儿"是两角钱,他每天还可以存两角。

"这小孩儿真不易,还知道存钱做衣服。"中年车夫带着赞叹的调子对我们说。以后他又问小孩:"你父亲来看过你吗？"

"没有，他不敢来！"小孩坚决地回答。虽是短短的几个字，里面含的怨气却很重。

我们找不出话来了。对于这样的问题我还没有仔细思索过。在我知道了他的惨痛的遭遇以后，我究竟应该拿什么话劝他呢？

中年车夫却跟我们不同。他不假思索，就对小孩发表他的道德的见解：

"小孩儿，听我说。你现在很好了。他究竟是你的天伦。他来看你，你也该拿点钱给他用。"

"我不给！我碰着他就要揍死他！"小孩毫不迟疑地答道，语气非常强硬。我想不到一个小孩的仇恨会是这样地深！他那声音，他那态度……他的愤怒仿佛传染到我的心上来了。我开始恨起他的父亲来。

中年车夫碰了一个钉子，也就不再开口了。两部车子在北长街的马路上滚着。

我看不见那个小孩的脸，不知道他脸上的表情，但是从他刚才的话里，我知道对于他另外有一个世界存在。没有家，没有爱，没有温暖，只有一根生活的鞭子在赶他。然而他能够倔强！他能够恨！他能够用自己的两只手举起生活的担子，不害怕，不悲哀。他能够做别的生在富裕的环境里的小孩所不能够做的事情，而且有着他们所不敢有的思想。

生活毕竟是一个洪炉。它能够锻炼出这样倔强的孩子来。甚至人世间最惨痛的遭遇也打不倒他。

就在这个时候，车子到了公园的后门。我们下了车，付了车钱。我借着灯光看小孩的脸。出乎我意料之外，它完全是一张平凡的脸，圆圆的，没有一点特征。但是当我的眼光无意地触到他的眼光时，我就大大地吃惊了。这个世界里存在着的一切，在他的眼里都是不存在的。在那一对眼睛里，我找不到承认任何权威的表示。我从没有见过这么骄傲、这么倔强、这么坚定的眼光。

我们买了票走进公园，我还回过头去看小孩，他正拉着一个新的乘客昂起头跑开了。

一九三四年六月

在北平

巴金（1904—2005），作家。原名李尧棠。著有长篇小说《家》《春》《秋》《寒夜》，散文集《随想录》等。

冯至

一个消逝了的山村

在人口稀少的地带，我们走入任何一座森林，或是一片草原，总觉得他们在洪荒时代大半就是这样。人类的历史演变了几千年，它们却在人类以外，不起一些变化，千百年如一日，默默地对着永恒。其中可能发生的事迹，不外乎空中的风雨，草里的虫蛇，林中出没的走兽和树间的鸣鸟。我们刚到这里来时，对于这座山林，也是那样感想，绝不会问到：这里也曾有过人烟吗？但是一条窄窄的石路的残迹泄露了一些秘密。

我们走入山谷，沿着小溪，走两三里到了水源，转上山坡，便是我们居住的地方。我们住的房屋，建筑起来不过二三十年，我们走的路，是二三十年来经营山林的人们一步步踏出来的。处处表露出新开辟的样子，眼前的浓绿浅绿，没有一点历史的重担。但是我们从城内向这里来的中途，忽然觉得踏上了一条旧路。那条路是用石块砌成，从距谷口还有四五里远的一个村庄里伸出，向山谷这边引来，先是断断续续，随后就隐隐约约地消失了。它无人修理，无日不在继续着埋没下去。我在那条路上走时，好像是走着两条道路，一条路引我走近山居，另一条路是引我走到过去。因为我想，这条石路一定有一个时期宛宛转转地一直伸入谷口，在谷内溪水的两旁，现在只有树木的地带，曾经有过房屋，只有草的山坡上，曾经有过田园。

过了许久，我才知道，这里实际上有过村落。在七十年前，云南省的大部分，经过一场浩劫，回、汉互相仇杀，有多少村庄城镇在这时衰落了。当时短短的二十年内，仅就昆明一个地方说，人口就从一百四十余万降落到二十五万。这里原有的山村，是回民的，还是汉人的，是一次便毁灭了呢，还是渐渐地凋零下去，我们都无从知道，只知它们是在回人几度围攻省城时成了牺牲。现在就是一间房屋的地基都寻不到了，只剩下树林、草原、溪水，除却我们的住房外，周围四五里内没有人家，但是每座山，每个幽隐的地方还都留有一个名称。这些名称现在只生存在从四邻村里走来的，砍柴、背松毛、放牛牧羊的人们的口里。此外它们却没有什么意义；若有，就是使我们想到有些地方曾经和人发生过关系，都隐藏着一小段兴衰的历史吧。

我不能研究这个山村的历史，也不愿用想象来装饰它。它像是一个民族在世界里消亡了，随着它一起消亡的是它所孕育的传说和故事。我们没有方法去追寻它们，只有在草木之间感到一些它们的余韵。

最可爱的是那条小溪的水源，从我们对面山的山脚下涌出的泉水；它不分昼夜地在那儿流，几棵树环绕着它，形成一个阴凉的所在。我们感谢它，若是没有它，我们就不能在这里居住，那山村也不会曾经在这里滋长。这清冽的泉水，养育我们，同时也养育过往日那村里的人们。人和人，只要是共同吃过一棵树上的果实，共同饮过一条河里的水，或是共同担受过一个地方的风雨，不管是时间或空间把他们隔离得有多么远，彼此都会感到几分亲切，彼此的生命都有些声息相通的地方。我深深理解了古人一首情诗里的句子："日日思君不见君，共饮长江水。"

其次就是鼠曲草。这种在欧洲非登上阿尔卑斯山的高处不容易采撷得到的名贵的小草。在这里每逢暮春和初秋却一年两季地开遍了山坡。我爱它那从叶子演变成的,有白色茸毛的花朵,谦虚地掺杂在乱草的中间。但是在这谦虚里没有卑躬,只有纯洁,没有矜持,只有坚强。有谁要认识这小草的意义吗?我愿意指给他看:在夕阳里一座山丘的顶上,坐着一个村女,她聚精会神地在那里缝什么,一任她的羊在远远近近的山坡上吃草,四面是山,四面是树,她从不抬起头来张望一下,陪伴着她的是一丛一丛的鼠曲从杂草中露出头来。这时我正从城里来,我看见这幅图像,觉得我随身带来的纷扰都变成深秋的黄叶,自然而然地凋落了。这使我知道,一个小生命是怎样鄙弃了一切浮夸,孑然一身担当着一个大宇宙。那消逝了的村庄必定也曾经像是这个少女,抱着自己的朴质,春秋佳日,被这些白色的小草围绕着,在山腰里一言不语地负担着一切。后来一个横来的运命使它骤然死去,不留下一些夸耀后人的事迹。

雨季是山上最热闹的时代,天天早晨我们都醒在一片山歌里。那是些从五六里外趁早上山来采菌子的人。下了一夜的雨,第二天太阳出来一蒸发,草间的菌子,俯拾皆是:有的红如胭脂,青如青苔,褐如牛肝,白如蛋白,还有一种赭色的,放在水里立即变成靛蓝的颜色。我们望着对面的山上,人人踏着潮湿,在草丛里,树根处,低头寻找新鲜的菌子。这是一种热闹,人们在其中并不忘却自己,各人盯着各人眼前的世界。这景象,在七十年前也不会两样。这些彩菌,不知点缀过多少民族童话,它们一定也滋养过那山村里的人们的身体和儿童的幻想吧。

这中间，高高耸立起来那植物界里最高的树木，有加利树。有时在月夜里，月光把被微风摇摆的叶子镀成银色，我们望着它每瞬间都在生长，仿佛把我们的身体，我们的周围，甚至全山都带着生长起来。望久了，自己的灵魂有些担当不起，感到悚然，好像对着一个崇高的严峻的圣者，你若不随着他走，就得和他离开，中间不容有妥协。但是，这种树本来是异乡的，移植到这里来并不久，那个山村恐怕不会梦想到它，正如一个人不会想到他死后的坟旁要栽什么树木。

秋后，树林显出萧疏。刚过黄昏，野狗便四出寻食，有时远远在山沟里，有时近到墙外，作出种种求群求食的嗥叫的声音。更加上夜夜常起的狂风，好像要把一切都给刮走。这时有如身在荒原，所有精神方面所体验的，物质方面所获得的，都失却了功用。使人想到海上的飓风，寒带的雪潮，自己一点也不能做主。风声稍息，是野狗的嗥声，野狗声音刚过去，松林里又起了涛浪。这风夜中的嗥声对于当时的那个村落，一定也是一种威胁，尤其是对于无眠的老人，夜半惊醒的儿童和抚慰病儿的寡妇。

在比较平静的夜里，野狗的野性似乎也被夜的温柔驯服了不少。代替野狗的是麂子的嘶声。这温良而机警的兽，自然要时时躲避野狗，但是逃不开人的诡计。月色朦胧的夜半，有一二猎夫，会效仿麂子的嘶声，往往登高一呼，麂子便成群地走来。……据说，前些年，在人迹罕到的树丛里还往往有一只鹿出现。不知是这里曾经有过一个繁盛的鹿群，最后只剩下了一只，还是根本是从外边偶然走来而迷失在这里不能回去呢？反正这是近乎传说了。这美丽的兽，如果我们在庄严的松林里散步，它不期然地在我们对面出现，我们真会像是Saint Eustace①一般，在它的两角之间看见了幻境。

两三年来，这一切，给我的生命许多滋养。但我相信它们也曾以同样的坦白和恩惠对待那消逝了的村庄。这些风物，好像至今还在述说它的运命。在风雨如晦的时刻，我踏着那村里的人们也踏过的土地，觉得彼此相隔虽然将及一世纪，但在生命的深处，却和他们有着意味不尽的关连。

一九四二年
写于昆明

冯至（1905—1993），作家、诗人、学者。原名冯承植。著有诗集《昨日之歌》《十四行诗》，散文集《山水》及中篇小说《伍子胥》等。

① 通译"圣尤斯塔斯"。

傅雷

傅雷书信：一九五五年三月二十七日夜

聪：

  为你参考起见，我特意从一本专论莫扎特的书里译出一段给你。另外还有罗曼·罗兰论莫扎特的文字，来不及译。不知你什么时候学莫扎特？萧邦在写作的taste方面，极注意而且极感染莫扎特的风格。刚弹完萧邦，接着研究莫扎特，我觉得精神血缘上比较相近。不妨和杰老师商量一下。你是否可在贝多芬第四弹好以后，接着上手莫扎特？等你快要动手时，先期来信，我再寄罗曼·罗兰的文字给你。

  从我这次给你的译文中，我特别体会到，莫扎特的那种温柔妩媚，所以与浪漫派的温柔妩媚不同，就是在于他像天使一样的纯洁，毫无世俗的感伤或是靡靡的sweetness。神明的温柔，当然与凡人的不同，就是达·芬奇与拉斐尔的圣母，那种妩媚的笑容决非尘世间所有的。能够把握到什么叫做脱尽人间烟火的温馨甘美，什么叫做天真无邪的爱娇，没有一点儿拽心，没有一点儿情欲的骚乱，那末我想表达莫扎特可以"虽不中，不远矣"。你觉得如何？往往十四五岁到十六七岁的少年，特别适应莫扎特，也是因为他们童心没有受过玷染。

  将来你预备弹什么近代作家，望早些安排，早些来信；我也可以供给材料。在精神气氛方面，我还有些地方能帮你忙。

我再要和你说一遍：平日来信多谈谈音乐问题。你必有许多感想和心得，还有老师和别的教授们的意见。这儿的小朋友们一个一个都在觉醒，苦于没材料。他们常来看我，和我谈天；我当然要尽量帮助他们。你身在国外，见闻既广，自己不断的在那里进步，定有不少东西可以告诉我们。同时一个人的思想是一边写一边谈出来的，借此可以刺激头脑的敏捷性，也可以训练写作的能力与速度。此外，也有一个道义的责任，使你要尽量的把国外的思潮向我们报道。一个人对人民的服务不一定要站在大会上演讲或是做什么惊天动地的大事业，随时随地，点点滴滴地把自己知道的、想到的告诉人家，无形中就是替国家播种、施肥、垦植！孩子，你千万记住这些话，多多提笔！

　　黄宾虹先生于本月二十五日在杭患胃癌逝世，享寿九十二岁。以艺术家而论，我们希望他活到一百岁呢。去冬我身体不好，中间摔了一跤，很少和他通信；只是在十一月初到杭州去，连续在他家看了两天画，还替他拍了照，不料竟成永诀。听说他病中还在记挂我，跟不认识我的人提到我。我听了非常难过，得信之日，一晚没睡好。

附译：莫扎特的作品不像他的生活，而像他的灵魂

　　莫扎特的作品跟他的生活是相反的。他的生活只有痛苦，但他的作品差不多整个儿只叫人感到快乐。他的作品是他灵魂的小影①。这样，所有别的和谐都归纳到这个和谐，而且都融化在这个和谐中间。

---

① 作品是灵魂的小影，便是一种和谐。下文所称"这种和谐"指此。

后代的人听到莫扎特的作品,对于他的命运可能一点消息都得不到;但能够完全认识他的内心。你看他多么沉着,多么高贵,多么隐藏!他从来没有把他的艺术来作为倾吐心腹的对象,也没有用他的艺术给我们留下一个证据,让我们知道他的苦难,他的作品只表现他长时期的耐性和天使般的温柔。他把他的艺术保持着笑容可掬和清明平静的面貌,决不让人生的考验印上一个烙印,决不让眼泪把它沾湿。他从来没有把他的艺术当做愤怒的武器,来反攻上帝;他觉得从上帝那儿得来的艺术是应当用做安慰的,而不是用做报复的。一个反抗、愤怒、憎恨的天才固然值得钦佩,一个隐忍、宽恕、遗忘的天才,同样值得钦佩。遗忘?岂止是遗忘!莫扎特的灵魂仿佛根本不知道莫扎特的痛苦;他的永远纯洁,永远平静的心灵的高峰,照临在他的痛苦之上。一个悲壮的英雄会叫道:"我觉得我的斗争多么猛烈!"莫扎特对于自己所感到的斗争,从来没有在音乐上说过是猛烈的。在莫扎特最本色的音乐中,就是说不是代表他这个或那个人物的音乐,而是纯粹代表他自己的音乐中,你找不到愤怒或反抗,连一点儿口吻都听不见,连一点儿斗争的痕迹,或者只是一点儿挣扎的痕迹都找不到。G Min.[G小调]钢琴与弦乐四重奏的开场,C Min.[C小调]幻想曲的开场,甚至于《安魂曲》中的"哀哭"[②]的一段,比起贝多芬的C Min.交响乐来,又算得什么?可是在这位温和的大师的门上,跟在那位悲壮的大师门上,同样由命运来惊心动魄地敲过几下了。但这几下的回声并没传到他的作品里去,因为他心中并没去回答或抵

---

② 这是《安魂曲》(*Requiem*)中一个乐章的表情名称,叫做 lagrimoso。

抗那命运的叩门，而是向他屈服了。

莫扎特既不知道什么暴力，也不知道什么叫做惶惑和怀疑，他不像贝多芬那样，尤其不像华葛耐③那样，对于"为什么"这个永久的问题，在音乐中寻求答案；他不想解答人生的谜。莫扎特的朴素，跟他的温和与纯洁都到了同样的程度。对他的心灵而论，便是在他心灵中间，根本无所谓谜，无所谓疑问。

怎么！没有疑问没有痛苦吗？那末跟他的心灵发生关系的，跟他的心灵谐和的，又是哪一种生命呢？那不是眼前的生命，而是另外一个生命，一个不会再有痛苦，一切都会解决了的生命。他与其说是"我们的现在"的音乐家，不如说是"我们的将来"的音乐家，莫扎特比华葛耐更是未来的音乐家。丹纳说得非常好："他的本性爱好完全的美。"这种美只有在上帝身上才有，只能是上帝本身，只有在上帝旁边，在上帝身上，我们才能找到这种美，才会用那种不留余地的爱去爱这种美。但莫扎特在尘世上已经在爱那种美了。在许多原因中间，尤其是这个原因，使莫扎特有资格称为超凡入圣（divine）的。

法国音乐学者Camille Bellaique④著《莫扎特》，P. 111—113。
一九五五年三月二十四日译

■ 傅雷（1908—1966），翻译家、美术史论家。译著有《高老头》《欧也妮与葛朗台》《约翰·克里斯多夫》等三十多种。著有《世界美术二十讲》《傅雷家书》。

---

③ 华葛耐（Richard Wagner, 1813—1883），德国歌剧作曲家、指挥家。通译"瓦格纳"。
④ 通译"嘉密·贝莱克"。

萧红

饿

"列巴圈"挂在过道别人的门上,过道好像还没有天明,可是电灯已经熄了。夜间遗留下来睡朦朦的气息充塞在过道,茶房气喘着,抹着地板。我不愿醒得太早,可是已经醒了,同时再不能睡去。

厕所房的电灯仍开着,和夜间一般昏黄,好像黎明还没有到来,可是"列巴圈"已经挂上别人家的门了!有的牛奶瓶也规规矩矩地等在别人的房间外。只要一醒来,就可以随便吃喝。但,这都只限于别人,是别人的事,与自己无关。

扭开了灯,郎华睡在床上,他睡得很恬静,连呼吸也不震动空气一下。听一听过道连一个人也没走动。全旅馆的三层楼都在睡中,越这样静越引诱我,我的那种想头越坚决。过道尚没有一点声息,过道越静越引诱我,我的那种想头越想越充胀我:去拿吧!正是时候,即使是偷,那就偷吧!

轻轻扭动钥匙,门一点响动也没有。探头看了看,"列巴圈"对门就挂着,东隔壁也挂着,西隔壁也挂着。天快亮了!牛奶瓶的乳白色看得真真切切,"列巴圈"比每天也大了些,结果什么也没有去拿,我心里发烧,耳朵也热了一阵,立刻想到这是"偷"。儿时的记忆再现出来,偷梨吃的孩子最羞耻。过了好久,我就贴在已关好的门扇上,大概我像一个没有灵魂的、纸剪成的人贴在门扇。大概这样吧：街车唤醒了我，马蹄嗒嗒、车轮吱吱地响过去。我抱紧胸膛，把头也挂到胸口，向我自己心说：我饿呀！不是"偷"呀！

第二次也打开门，这次我决心了！偷就偷，虽然是几个"列巴圈"，我也偷，为着我"饿"，为着他"饿"。

第二次又失败，那么不去做第三次了。下了最后的决心，爬上床，关了灯，推一推郎华，他没有醒，我怕他醒。在"偷"这一刻，郎华也是我的敌人；假若我有母亲，母亲也是敌人。

天亮了！人们醒了。做家庭教师，无钱吃饭也要去上课，并且要练武术。他喝了一杯空茶走的，过道那些"列巴圈"早已不见，都让别人吃了。

从昨夜饿到中午，四肢软弱一点，肚子好像被踢打放了气的皮球。

窗子在墙壁中央，天窗似的，我从窗口升了出去，赤裸裸，完全和日光接近；市街临在我的脚下，直线的，错综着许多角度的楼房，大柱子一般工厂的烟囱，街道横顺交织着，秃光的街树。白云在天空作出各样的曲线，高空的风吹乱我的头发，飘荡我的衣襟。市街像一张繁繁杂杂颜色不清晰的地图，挂在我们眼前。楼顶和树梢都挂住一层稀薄的白霜，整个城市在阳光下闪闪烁烁撒了一层银片。我的衣襟被风拍着作响，我冷了，我孤孤独独的好像站在无人的山顶。每家楼顶的白霜，一刻不是银片了，而是些雪花、冰花，或是什么更严寒的东西在吸我，像全身浴在冰水里一般。

我披了棉被再出现到窗口，那不是全身，仅仅是头和胸突在窗口。一个女人站在一家药店门口讨钱，手下牵着孩子，衣襟裹着更小的孩子。药店没有人出来理她，过路人也不理她，都像说她有孩子不对，穷就不该有孩子，有也应该饿死。

我只能看到街路的半面，那女人大概向我的窗下走来，因为我听见那孩子的哭声很近。

"老爷，太太，可怜可怜……"可是看不见她在追逐谁，虽然是三层楼，也听得这般清楚，她一定是跑得颠颠断断地呼喘："老爷……老爷……可怜吧！"

那女人一定正像我，一定早饭还没有吃，也许昨晚的也没有吃。她在楼下急迫地来回的呼声传染了我，肚子立刻响起来，肠子不住地呼叫……

郎华仍不回来，我拿什么来喂肚子呢？桌子可以吃吗？草褥子可以吃吗？

晒着阳光的行人道，来往的行人，小贩，乞丐……这一些看得我疲倦了！打着呵欠，从窗口爬下来。

窗子一关起来，立刻生满了霜，过一刻，玻璃片就流着眼泪了！起初是一条一条的，后来就大哭了！满脸是泪，好像在行人道上讨饭的母亲的脸。

我坐在小屋，像饿在笼中的鸡一般，只想合起眼睛来静着，默着，但又不是睡。

"咯，咯！"这是谁在打门！我快去开门，是三年前旧学校里的图画先生。

他和从前一样很喜欢说笑话，没有改变，只是胖了一点，眼睛又小了一点。他随便说，说得很多。他的女儿，那个穿红花旗袍的小姑娘，又加了一件黑绒上衣，她在藤椅上，怪美丽的。但她有点不耐烦的样子：

"爸爸，我们走吧。"小姑娘哪里懂得人生！小姑娘只知道美,哪里懂得人生?

曹先生问:"你一个住在这里吗?"

"是——"我当时不晓得为什么答应"是",明明是和郎华同住,怎么要说自己住呢?

好像这几年并没有别开,我仍在那个学校读书一样。他说:

"还是一个人好,可以把整个的心身献给艺术。你现在不喜欢画,你喜欢文学,就把全心身献给文学。只有忠心于艺术的心才不空虚,只有艺术才是美,才是真美。'爱情'这话很难说,若是为了性欲才爱,那么就不如临时解决,随便可以找到一个,只要是异性。爱是爱,'爱'很不容易,那么就不如爱艺术,比较不空虚……"

"爸爸,走吧!"小姑娘哪里懂得人生,只知道"美",她看一看这屋子一点意思也没有,床上只铺一张草褥子。

"是,走——"曹先生又说,眼睛指着女儿,"你看我,十三岁就结了婚。这不是吗?曹云都十五岁啦!"

"爸爸,我们走吧!"

他和几年前一样,总爱说"十三岁"就结了婚。差不多全校同学都知道曹先生是十三岁结婚的。

"爸爸,我们走吧!"

他把一张票子丢在桌上就走了!那是我写信去要的。

郎华还没有回来,我应该立刻想到饿,但我完全被青春迷惑了,读书的时候,哪里懂得"饿"?只晓得青春最重要,虽然现在我也并没老,但总觉得青春是过去了!过去了!

我冥想了一个长时期,心浪和海水一般翻了一阵。

追逐实际吧！青春惟有自私的人才系念她，"只有饥寒，没有青春。"

几天没有去过的小饭馆，又坐在那里边吃喝了。"很累了吧！腿可疼？道外道里要有十五里路。"我问他。

只要有得吃，他也很满足，我也很满足。其余什么都忘了！

那个饭馆，我已经习惯，还不等他坐下，我就抢个地方先坐下，我也把菜的名字记得很熟，什么辣椒白菜啦，雪里蕻豆腐啦……什么酱鱼啦！怎么叫酱鱼呢？哪里有鱼！用鱼骨头炒一点酱，借一点腥味就是啦！我很有把握，我简直都不用算一算就知道这些菜也超不过一角钱。因此我用很大的声音招呼，我不怕，我一点也不怕花钱。

回来，没有睡觉之前，我们一面喝着开水，一面说："这回又饿不着了，又够吃些日子。"

闭了灯，又满足又安适地睡了一夜。

一九三五年三月至五月间

■ 萧红（1911—1942），作家。原名张迺莹。著有长篇小说《生死场》《呼兰河传》，短篇小说《小城三月》及散文集《商市街》等。

孙犁

报纸的故事

一九三五年的春季，我失业家居。在外面读书看报惯了，忽然想订一份报纸看看。这在当时确实近于一种幻想，因为我的村庄，非常小又非常偏僻，文化教育也很落后。例如村里虽然有一所小学校，历来就没有想到订一份报纸。村公所就更谈不上了。而且，我想要订的还不是一种小报，是想要订一份大报，当时有名的《大公报》。这种报纸，我们的县城，是否有人订阅，我不敢断言，但我敢说，我们这个区，即子文镇上是没人订阅过的。

我在北京住过，在保定学习过，都是看的《大公报》。现在我失业了，住在一个小村庄，我还想看这份报纸。我认为这是一份严肃的报纸，是一些有学问的，有事业心的、有责任感的人编辑的报纸。至于当时也是北方出版的报纸，例如《益世报》《庸报》，都是不学无术的失意政客们办的，我是不屑一顾的。

我认为《大公报》上的文章好。它的社论是有名的，我在中学时，老师经常选来给我们当课文讲。通讯也好，有长江等人写的地方通讯，还有赵望云的风俗画。最吸引我的还是它的副刊，它有一个文艺副刊，是沈从文编辑的，经常登载青年作家的小说和散文。还有小公园，还有艺术副刊。

说实在的，我是想在失业之时，给《大公报》投投稿，而投了稿子去，又看不到报纸，这是使人苦恼的。因此，我异想天开地想订一份《大公报》。

我首先，把这个意图和我结婚不久的妻子说了说。以下是我们的对话实录：

"我想订份报纸。"

"订那个干什么？"

"我在家里闲着很闷，想看看报。"

"你去订吧。"

"我没有钱。"

"要多少钱？"

"订一月，要三块钱。"

"啊！"

"你能不能借给我三块钱？"

"你花钱应该向咱爹去要，我哪里来的钱？"

谈话就这样中断了。这很难说是愉快，还是不愉快，但是我不能再往下说了。因为我的自尊心，确实受了一点损伤。是啊，我失业在家里呆着，这证明书就是已经白念了。白念了，就安心在家里种地过日子吧，还要订报。特别是最后这一句："我哪里来的钱？"这对于作为男子汉大丈夫的我，确实是千钧之重的责难之词！

其实，我知道她还是有些钱的，作个最保守的估计，她可能有十五元钱。当然她这十五元钱，也是来之不易的。是在我们结婚的大喜之日，她的"拜钱"。每个长辈，赏给她一元钱，或者几毛钱，她都要拜三拜，叩三叩。你计算一下，十五元钱，她一共要起来跪下，跪下起来多少次啊。

她把这些钱，包在一个红布小包里，放在立柜顶上的陪嫁大箱里，箱子落了锁。每年春节闲暇的时候，她就取出来，在手里数一数，然后再包好放进去。

在妻子面前碰了钉子，我只好硬着头皮去向父亲要，父亲沉吟了一下说：

"订一份《小实报》不行吗？"

我对书籍、报章，欣赏的起点很高，向来是取法乎上的。《小实报》是北平出版的一种低级市民小报，属于我不屑一顾之类。我没有说话，就退出来了。

父亲还是爱子心切，晚上看见我，就说：

"愿意订就订一个月看看吧，集晌多巢一斗麦子也就是了。长了可订不起。"

在镇上集日那天，父亲给了我三块钱，我转手交给邮政代办所，汇到天津去。同时还寄去两篇稿子。我原以为报纸也像取信一样，要走三里路来自取的，过了不久，居然有一个专人，骑着自行车来给我送报了，这三块钱花得真是气派。

他每隔三天，就骑着车子，从县城来到这个小村，然后又通过弯弯曲曲的，两旁都是黄土围墙的小胡同，送到我家那个堆满柴草农具的小院，把报纸交到我的手里。上下打量我两眼，就转身骑上车走了。

我坐在柴草上，读着报纸。先读社论，然后是通讯、地方版、国际版、副刊，甚至广告、行情，都一字不漏地读过以后，才珍重地把报纸叠好，放到屋里去。

我的妻子，好像是因为没有借给我钱，有些过意不去，对于报纸一事，从来也不闻不问。只有一次，带着略有嘲弄的神情，问道：

"有了吗？"

"有了什么？"

"你写的那个。"

"还没有。"我说。其实我知道,她从心里是断定不会有的。

直到一个月的报纸看完,我的稿子也没有登出来,证实了她的想法。

这一年夏天雨水大,我们住的屋子,结婚时裱糊过的顶棚、壁纸,都脱落了。别人家,都是到集上去买旧报纸,重新糊一下。那时日本侵略中国,无微不至,他们的旧报,如《朝日新闻》《读卖新闻》,都倾销到这偏僻的乡村来了。妻子和我商议,我们是不是也把屋子糊一下,就用我那些报纸,她说:

"你已经看过好多遍了,老看还有什么意思?这样我们就可以省下块数来钱,你订报的钱,也算没有白花。"

我听她讲的很有道理,我们就开始裱糊房屋了,因为这是我们的幸福的窝巢呀。妻刷浆糊我糊墙。我把报纸按日期排列起来,把有社论和副刊的一面,糊在外面,把广告部分糊在顶棚上。

这样,在天气晴朗,或是下雨刮风不能出门的日子里,我就可以脱去鞋子,上到炕上,或仰或卧,或立或坐,重新阅读我所喜爱的文章了。

一九八二年二月九日

孙犁(1913—2002),作家。本名孙树勋。著有长篇小说《风云初记》,中篇小说《铁木前传》,散文集《晚华集》《曲终集》等。

饶宗颐

金字塔外：死与蜜糖

我的旧朋友中有一位已经谢世的日本南画大师河野秋村先生，曾向我夸耀他以九十多岁的高龄，爬上金字塔。可是他本人居住的地方却是一间全部用竹编成的房子，真是"黄冈竹楼"的活现，记得我赠给他的诗有"出墙桃自媚，穿屋笋犹鲜"二句，完全是写实。我问他：金字塔与竹楼在艺术角度上两种不同的感受，以何者为优？他没有回答。在我看来，姑且拿山水画来作譬喻，以荆浩的深岩穹谷，来比较云林的荒村野树，我则宁愿欣赏后者。

说到金字塔，完全是死的表征，代表整个埃及文化是一部《死书》（*Book of the Dead*），金字塔可说是死书的缩影。我亦曾经去过开罗，在渴得要死的沙漠里，不易引起拜伦式哀希腊的心情去凭吊那些七颠八倒古建筑的残骸。我只眷注着：要追问何处有神的提撕？什么才是真正的秩序和至善（即埃及人所谓Ma'at）？在人心的天平上，怎样取得死神（Osiris）最后公正的审判？历史不过是一片摸不清说不尽的迷梦，只有"死"所占的漫长时间才能填补它的空白。摆在我们面前帝王谷巍峨的基塔，我很想把三千丈的白发一丝丝联结起来把它围绕一周，看看孰长孰短？值得佩服的是蜿蜒的尼罗河永远替人类负担起历史上忧患的包袱，我不愿重新砌起冥想所造成的金字塔！一切的想象，只好交给苍茫的黄昏，换取来一个不自量力的对苍天的控诉。

《死书》原是一本天书，一部不易读懂的书。埃及人对于死后事情的关怀和研究，为人类文化掀开一新页。死，无疑是人类文明最重要的课题。死是无可避免的，亦不是渺茫的！一般认为死有如毒药，但闪族人却视死如蜜糖。死的智识的开垦与追求，曾经消耗过去他们无数诗人和宗教家的精力和脑汁。波斯诗人就写下许多的名句：

> 那是新鲜、愉快。死呢？它亦是一种兴奋剂，或者是糖吗？
>
> ——Al-Hutuy'a

他即把死看做蜜糖。

> 我徘徊于丝路上，检讨一下在沙漠的心，默诵下面的句子：在这里，一个蠢夫，用自己的鞍，骑在橐驼上。

全诗只有三行，这是八世纪阿拉伯名诗人Al-Tinimmah的自我嘲笑，说出大漠上旅客的心声。在日夕无常风沙的干扰之下，随时可以埋骨荒外，阿拉伯的诗亦喊出几乎怀疑自己不是一个人（You even doubt I was a man）的疑问！

这些诗似乎未见有人译出；就算译出，恐怕可能引起人们的喝倒彩，因为怕死的人实在太多！在中国，儒家撇开死而不谈，偷懒地说："未知生，焉知死。"死给完全抹煞了！庄子把死生看成一条，死只是生的一条尾巴而已。死在中国人心里没有重要的地位，终以造成过于看重现实只顾眼前极端可怕的流弊。南方人最忌讳"死"与"四"的谐音，不敢面对死的挑战。人类之中，中国是最不懂什么是"死"的民族，连研究死的问题的勇气都没有，真是可笑。人的灵性差别之大就是如此！

我们不妨吟咏一下波斯、阿拉伯人在沙漠中的警句，也许别有一番滋味，"一水饮人分冷暖"，甘苦自知，不用我来道破。

一九九六年

■ 饶宗颐（1917—2018），学者。著有《殷代贞卜人物通考》《中国史学上之正统论》等。

陈从周

小有亭台亦耐看
——网师园

小有亭台亦耐看，并不容易做到，从艺术角度来讲，就是要以少胜多，要含蓄，要有不尽之意，要能得体，无过无不及，恰到好处。试以苏州网师园来谈谈，它是造园家推誉的小园典范。

网师园初建于宋代，原为南宋史正志的万卷堂故址。清乾隆年间（一七三六—一七九五）重建，同治年间（一八六二—一八七四）又重建修，形成了今天的规模。园占地不广，但是人处其境，会感到称心悦目，宛转多姿，可坐可留，足堪盘桓竟夕，确实有其迷人之处，能达到"淡语皆有味，浅语皆有致"的高度境界。

中国园林往往与住宅相连，是住宅建筑的组成部分。中国传统住宅多受封建社会的宗法思想影响，布局较为严谨，而园林部分却多范山模水，以自然景色出现，可调剂生活，增进舒适的情味。网师园的园林和住宅都不算大，皆以精巧见称，主宅亦只有会客饮宴用的大厅和起居的内厅。主宅旁则以楼屋为过渡，与西部的园林形成若接若分的处理，手法巧妙。

从桥厅西首入园，可看到门上刻有"网师小筑"四字，网师是托于渔隐的意思，因此，园的中心是一个大池。进园有曲廊接四面厅，厅名小山丛桂轩，轩前隔以花墙，山幽桂馥，香藏不散。轩东有便道，可直贯南北，径莫妙于曲，莫便于直，因为是便道所以是用直道，供当时仆人作传达递送之用的。蹈和馆琴室位轩西，小院回廊，迂徐曲折。欲扬先抑，未歌先敛，此处造园也用此技法，故小山丛桂轩的北面用黄石山围隔，称云岗。随廊越陂，有亭可留，名月到风来亭，视野开阔，明波若镜，渔矶高下，画桥迤逦，俱呈一池之中。其间高下虚实，云水变幻，骋怀游目，咫尺千里。"涓涓流水细侵阶，凿个池儿，招个月儿来，画栋频摇动，芙荷藻尽倒开。"亭名正写此妙境。云岗以西，小阁临流，名"濯缨"，与看松读画轩隔水相呼。轩是园的主厅，其前古木若虬，老根盘结于苔石间，仿佛一幅画面。轩旁有廊一曲，与竹外一枝轩接连，东廊名"射鸭"，是一半亭，与池西之月到风来亭相映，凭阑得静观之趣。俯视池水，弥漫无尽，聚而支分，去来无踪，盖得力于溪口、湾头、石矶的巧妙安排，以假象逗人。桥与步石环池而筑，其用意在不分割水面，看去增加支流深远之意。至于驳岸有级，出水流矶，增人浮水之感。而亭、台、廊、榭无不面水，使全园处处有水可依。园不在大，泉不在广。唐杜甫诗所谓"名园依绿水"，正好为此园写照。池周山石，看去平易近人，蕴藉多姿，它的蓝本出自虎丘白莲池。

网师园西部殿春簃本来是栽植芍药花的，因为一春花事，芍药开在最后，所以名为"殿春"。小轩三间，复带书房，竹、石、梅、蕉隐于窗后，每当微阳淡淡地照着，宛如一幅浅色的画图。苏州的园林，此园的构思最佳。因为园小，建筑物处处凌虚，空间扩大，"透"字的妙用，随处得之。轩前面东为假山，与其西曲相对。西南的角上有一小水池，名为"涵碧"，清澈醒人，与中部大池有脉可通，存水贵有源之意。泉上筑亭，名"冶泉"，南面略置峰石，为殿春簃的对景。余地用卵石平整铺地。它与中部水池同一原则，都是以大片面积，形成水陆的对比。前者以石点水，后者以水点石。在总体上是利用建筑与山石的对比，相互更换，使人看去觉得变化多端。

万顷之园难在紧凑，数亩之园难在宽绰。紧凑则不觉其大，游无倦意，宽绰则不觉局促，览之有物，故以静动观园，有缩地扩基之妙，而奴役风月，左右游人，极尽构思之巧。网师园无旱船[①]、大桥，建筑物尺度略小，数量适可而止，停停当当，像个小园格局，这在造园学上称为"得体"。

至于树木栽植，小园宜多落叶，以疏植之，取其空透。此为以疏救塞，因为园小往往务多的缘故。小园布景有中空而边实，有中实而边空，前者如网师园，后者环秀山庄略似之。总之，在有限面积要有较大空间，这些空间要有变化，所以利用建筑、花墙、山石等分隔，以形成多种层次，而曲水弯环，又在布局上多不尽之意。造园之妙，盖在于此。

载于《中国名园》
商务印书馆（香港）一九九〇年版

陈从周（1918—2000），古建筑学家、园林专家。原名陈郁文。著有《说园》《苏州园林》等专著，《书带集》《帘青集》等散文集。

---

① 旱船是中国园林常见的一种建筑形式，为水边建造的船形建筑物，以供临水游憩眺望。

黄裳

怀素《食鱼帖》

这两天天气很好,是江南最好的秋日。出去闲走,在书店里买得文物出版社新刊的唐怀素《食鱼帖》真迹,非常高兴。这帖只不过草书八行,五十六字。字写得好,文字尤为有趣:"老僧在长沙食鱼。及来长安城中,多食肉,又为常流所笑,深为不便,故久病不能多书,实疏还报。诸君欲兴善之会,当得扶羸也。九日,怀素藏真白。"

我读此帖,良久,还是不想放手。其实不过五十六个字,一下子就看完了,但还是看了好半日,也许这是年纪大起来了的原故吧,不过这种习惯,是多年以前就已如此了。欣赏书画,前人每喜用一"读"字,是很有道理的。比起"研究""玩索"……这些字眼似乎都要好,它表达的意境要更为丰富而生动,也没有那种"正经气"。不只是专家,就像我这种普通的读者也可以用得。我是不懂草书……一切书道的,但喜欢书法。就如这帖,出于老和尚之手,而且又声明他是在久病之中,但还是写得精神饱满,飞动如意,实在值得佩服。他说,来到长安以后,改食鱼为食肉,这就招来了许多人的非议,弄得很尴尬,以至生了很久的病。怀素是坦率的,他公开承认常常吃肉,白纸黑字,不怕被人抓住小辫子,以触犯佛门清规戒律的罪名揪出来批斗,是很可爱的。在这位老僧看来,和尚戒荤酒这种条条,根本就是骗人的鬼话,殊不值得认真对待。他认为持此种迂见者就是"常流",也就是习惯势力,他可并不在乎。他表示要扶病参加诸君打算举行的"兴善之会"(也许"兴"字是动词)。这是怎样的会,不得而知。推想不会是什么水陆道场之类的正规仪式,而且必然有肉可吃的吧。不过照此帖看来,食鱼可,食肉则不可。难道吃鱼就不算"杀生"么?我于佛法毫无研究,读来读去也终于不能懂。

此帖原迹藏青岛市博物馆,今用胶版印行。虽然不及珂罗版的精妙,但也可以看得,价钱只要人民币五角,可谓价廉物美。在我们社会主义祖国里,最广大的人民群众都有欣赏艺术珍品的方便,这就是很好的一例。近来各地印行的这种书画名迹,日益增多了。真是值得高兴的事。

此帖后有宋人吴喆于宣和甲辰(徽宗,一一二四年)所作之跋,他写得一笔苏字,十分逼肖,比起明代的吴宽来高明得多,完全可以免于"墨猪"之诮,但究竟比起东坡来天差地远。我们因此可以知道,在北宋末,苏轼的书风是怎样地风靡了一世。岳飞也曾写得一笔好苏字,也是受了这风气的影响。岳飞的孙子岳珂,就曾对此作过说明,可证今传岳飞书帖确是真迹无疑。

一九七九年九月十日

近读乙之先生文,谈《食鱼帖》,认为印本释文末句误将"会当"二字割裂,实当标作"诸君欲兴善之,会当得扶羸也"义较长。

一九八三年中秋日重校记

■ 黄裳(1919—2012),记者、作家。原名容鼎昌。著有散文集《旧戏新谈》《负暄录》《榆下说书》等。

汪曾祺

散文四篇

宋朝人的吃喝

唐宋人似乎不怎么讲究大吃大喝。杜甫的《丽人行》里列叙了一些珍馐，但多系夸张想象之辞。五代顾闳中所绘《韩熙载夜宴图》主人客人面前案上所列的食物不过八品，四个高足的浅碗，四个小碟子。有一碗是白色的圆球形的东西，有点像外面滚了米粒的蓑衣丸子。有一碗颜色是鲜红的，很惹眼，用放大镜细看，不过是几个带蒂的柿子！其余的看不清是什么。苏东坡是个有名的馋人，但他爱吃的好像只是猪肉。他称赞"黄州好猪肉"，但还是"富者不解吃，贫者不解煮"。他爱吃猪头，也不过是煮得稀烂，最后浇一勺杏酪。——杏酪想必是酸里咕叽的，可以解腻。有人"忽出新意"以山羊肉为玉糁羹，他觉得好吃得不得了。这是一种什么东西？大概只是山羊肉加碎米煮成的糊糊罢了。当然，想象起来也不难吃。

宋朝人的吃喝好像比较简单而清淡。连有皇帝参加的御宴也并不丰盛。御宴有定制，每一盏酒都要有歌舞杂技，似乎这是主要的，吃喝在其次。幽兰居士《东京梦华录》载《宰执亲王宗室百官入内上寿》，使臣诸卿只是"每分列环饼、油饼、枣塔为看盘，次列果子。惟大辽加之猪羊鸡鹅兔连骨熟肉为看盘，皆以小绳束之。又生葱韭蒜醋各一碟。三五人共列浆水一桶，立杓数枚"。"看盘"只是摆样子的，不能吃的。"凡御宴至第三盏，方有下酒肉、咸豉、爆肉、双下驼峰角子"。第四盏下酒是炙子骨头、索粉、白肉胡饼。第五盏是群仙炙、天花饼、太平毕罗、干饭、缕肉羹、莲花肉饼。第六盏假鼋鱼、密浮酥捺花。第七盏排炊羊胡饼、炙金肠。第八盏假沙鱼、独下馒头、肚羹。第九盏水饭、簇钉下饭。如此而已。

宋朝市面上的吃食似乎很便宜。《东京梦华录》云："吾辈入店，则用一等琉璃浅棱碗，谓之'碧碗'，亦谓之'造羹'，菜蔬精细，谓之'造齑'，每碗十文。"《会仙酒楼》条载："止两人对坐饮酒……即银近百两矣"，初看吓人一跳。细看，这是指餐具的价值——宋人餐具多用银。

几乎所有记两宋风俗的书无不记"市食"。钱塘吴自牧《梦粱录》《分茶酒店》最为详备。宋朝的肴馔好像多是"快餐"，是现成的。中国古代人流行吃羹。"三日入厨下，洗手作羹汤"，不说是洗手炒肉丝。《水浒传》林冲的徒弟说自己"安排得好菜蔬，端整得好汁水"，"汁水"也就是羹。《东京梦华录》云"旧只用匙今皆用筯矣"，可见本都是可喝的汤水。其次是各种爊菜、爊鸡、爊鸭、爊鹅。再次是半干的肉脯和全干的肉（䐊）。几本书里都提到"影戏（䐊）"，我觉得这就是四川的灯影牛肉一类的东西。炒菜也有，如炒蟹，但极少。

宋朝人饮酒和后来有些不同的，是总要有些鲜果干果，如柑、梨、蔗、柿，炒栗子、新银杏，以及莴苣、"姜油多"之类的菜蔬和玛瑙饧、泽州饧之类的糖稀。《水浒传》所谓"铺下果子按酒"，即指此类东西。

宋朝的面食品类甚多。我们现在叫做主食，宋人却叫"从食"。面食主要是饼。《水浒》动辄说"回些面来打饼"。饼有门油、菊花、宽焦、侧厚、油锅、髓饼、新样满麻……《东京梦华录》载武成王庙前海州张家、皇建院前郑家最盛，每家有五十余炉。五十几个炉子一起烙饼，真是好家伙！

遍检《东京梦华录》《都城纪胜》《西湖老人繁胜录》《梦粱录》《武林旧事》，都没有发现宋朝人吃海参、鱼翅、燕窝的记载。吃这种滋补性的高蛋白的海味，大概从明朝才开始。这大概和明朝人的纵欲有关系，记得鲁迅好像曾经说过。

宋朝人好像实行的是"分食制"。《东京梦华录》云"用一等琉璃浅棱碗……每碗十文"，可证。《韩熙载夜宴图》上画的也是各人一份，不像后来大家合坐一桌，大盘大碗，筷子勺子一起来。这一点是颇合卫生的，因不易传染肝炎。

一九八七年一月十八日

马铃薯

马铃薯的名字很多。河北、东北叫土豆，内蒙古、张家口叫山药，山西叫山药蛋，云南、四川叫洋芋，上海叫洋山芋。除了搞农业科学的人，大概很少人叫得惯马铃薯。我倒是叫得惯了。我曾经画过一部《中国马铃薯图谱》。这是我一生中的一部很奇怪的作品。图谱原来是打算出版的，因故未能实现。原稿旧存沙岭子农业科学研究所，"文化大革命"中毁了，可惜！

一九五八年，我下放张家口沙岭子农业科学研究所劳动。一九六〇年摘了右派分子帽子，结束了劳动，一时没有地方可去，留在所里打杂。所里要画一套马铃薯图谱，把任务交给了我。所里有一个下属的马铃薯研究站，设在沽源。我在张家口买了一些纸笔颜色，乘车往沽源去。

马铃薯是适于在高寒地带生长的作物。马铃薯会退化。在海拔较低、气候温和的地方种一二年，薯块就会变小。因此每年都有很多省市开车到张家口坝上来调种。坝上成为供应全国薯种的基地。沽源在坝上，海拔一千四，冬天冷到零下四十度，马铃薯研究站设在这里，很合适。

这里集中了全国的马铃薯品种，分畦种植。正是开花的季节，真是洋洋大观。

我在沽源，究竟是一种什么心情，真是说不清。远离了家人和故友，独自生活在荒凉的绝塞，可以谈谈心的人很少，不免有点寂寞。另外一方面，摘掉了帽子，总有一种轻松感。日子过得非常悠闲。没有人管我，也不需要开会。一早起来，到马铃薯地里（露水很重，得穿了浅勒的胶靴），掐了一把花，几枝叶子，回到屋里，插在玻璃杯里，对着它画。马铃薯的花是很好画的。伞形花序，有一点像复瓣水仙，颜色是白的，浅紫的。紫花有的偏红，有的偏蓝。当中一个高庄小窝头似的黄心，叶子大都相似，奇数羽状复叶，只是有的圆一点，有的尖一点，颜色有的深一点，有的淡一点，如此而已。我画这玩意又没有定额，尽可慢慢地画。不过我画得还是很用心的，尽量画得像。我曾写过一首长诗，记述我的生活，代替书信，寄给一个老同学。原诗已经忘了,只记得两句:"坐对一丛花,眸子炯如虎。"画画不是我的本行,但是"工作需要",我也算起了一点作用,倒是差堪自慰。沽源是清代的军台,我在这里工作,可以说是"发往军台效力",我于是用画马铃薯的红颜色在带来的一本《梦溪笔谈》的扉页上画了一方图章:"效力军台"——我带来一些书,除《笔谈》外,有《癸巳类稿》《十驾斋养新录》,还有一套商务印书馆铅印本《四史》。晚上不能作画——灯光下颜色不正,我就读这些书。我自成年后,读书读得最专心的,要算在沽源这一段时候。

我对马铃薯的科研工作有过一点很小的贡献:马铃薯的花都是没有香味的。我发现有一种马铃薯,"麻土豆"的花,却是香的。我告诉研究站的研究人员,他们都很惊奇:"是吗?——真的!我们搞了那么多年马铃薯,还没有发现。"

到了马铃薯逐渐成熟——马铃薯的花一落,薯块就成熟了,我就开始画薯块。那就更好画了,想画得不像都不大容易。画完一种薯块,我就把它放进牛粪火里烤烤,然后吃掉。全国像我一样吃过那么多种马铃薯的人,大概不多!马铃薯的薯块之间的区别比花、叶要明显。最大的要数"男爵",一个可以当一顿饭。有一种味极甜脆,可以当水果生吃。最好的是"紫土豆",外皮乌紫,薯肉黄如蒸栗,味道也像蒸栗,入口更为细腻。我曾经扛回一袋,带到北京。春节前后,一家大小,吃了好几天。我很奇怪:"紫土豆"为什么不在全国推广呢?

马铃薯原产南美洲,现在遍布全世界,苏联卫国战争时期的小说,每每写战士在艰苦恶劣的前线战壕中思念家乡的烤土豆,"马铃薯"和"祖国"几乎成了同义词。罗宋汤、沙拉,离开了马铃薯做不成,更不用说奶油烤土豆、炸土豆条了。

马铃薯传入中国,不知始于何时。我总觉得大概是明代,和郑和下西洋有点缘分。现在可以说遍及全国了。沽源马铃薯研究站不少品种是从康藏高原、大小凉山移来的。马铃薯是山西、内蒙古、张家口的主要蔬菜。这些地方的农村几乎家家都有山药窖,民歌里都唱:"想哥哥想得迷了窍,抱柴火跌进了山药窖";"交城的山里没有好茶饭,只有莜面栲栳栳,还有那山药蛋。"山西的作者群被称为"山药蛋派"。呼和浩特的干部有一点办法的,都能到武川县拉一车山药回来过冬。大笼屉蒸新山药,是待客的美餐。张家口坝上、坝下,山药、西葫芦加几块羊肉爓一锅烩菜,就是过年。

中国的农民不知有没有一天也吃上罗宋汤和沙拉。也许即使他们的生活提高了,也不吃罗宋汤和沙拉,宁可在大烩菜里多加几块肥羊肉。不过也说不定。中国人过去是不喝啤酒的,现在北京郊区的农民喝啤酒已经习惯了。我希望中国农民会爱吃罗宋汤和沙拉。因为罗宋汤和沙拉是很好吃的。

一九八七年二月十六日

腊梅花

"雪花、冰花、腊梅花……"我的小孙女这一阵老是唱这首儿歌。其实她没有见过真的腊梅花，只是从我画的画上见过。

周紫芝《竹坡诗话》云："东南之有腊梅，盖自近时始。余为儿童时，犹未之见。元祐间，鲁直诸公方有诗，前此未尝有赋此诗者。政和间，李端叔在姑豀，元夕见之僧舍中，尝作两绝，其后篇云：'程氏园当尺五天，千金争赏凭朱栏。莫因今日家家有，便作寻常两等看。'观端叔此诗，可以知前日之未尝有也。"看他的意思，腊梅是从北方传到南方去的。但是据我的印象，现在倒是南方多，北方少见，尤其难见到长成大树的。我在颐和园藻鉴堂见过一棵，种在大花盆里，放在楼梯拐角处。因为不是开花的时候，绿叶披纷没有人注意。和我一起住在藻鉴堂的几个搞剧本的同志，都不认识这是什么。

我的家乡有腊梅花的人家不少。我家的后园有四棵很大的腊梅。这四棵腊梅，从我记事的时候，就已经是那样大了。很可能是我的曾祖父在世的时候种的。这样大的腊梅，我以后在别处没有见过。主干有汤碗口粗细，并排种在一个砖砌的花台上。这四棵腊梅的花心是紫褐色的，按说这是名种，即所谓"檀心磬口"。腊梅有两种，一种是檀心的，一种是白心的。我的家乡偏重白心的，美其名曰"冰心腊梅"，而将檀心的贬为"狗心腊梅"。腊梅和狗有什么关系呢？真是毫无道理！因为它是狗心的，我们也就不大看得起它。

不过凭良心说，腊梅是很好看的。其特点是花极多——这也是我们不太珍惜它的原因。物稀则贵，这样多的花，就没有什么稀罕了。每个枝条上都是花，无一空枝。而且长得很密，一朵挨着一朵，挤成了一串。这样大的四棵大腊梅，满树繁花，黄灿灿的吐向冬日的晴空，那样的热热闹闹，而又那样的安安静静，实在是一个不寻常的境界。不过我们已经司空见惯，每年都有一回。

　　每年腊月，我们都要折腊梅花。上树是我的事。腊梅木质疏松，枝条脆弱，上树是有点危险的。不过腊梅多枝杈，便于登踏，而且我年幼身轻，正是"一日上树能千回"的时候，从来也没有掉下来过。我的姐姐在下面指点着："这枝，这枝！——哎，对了，对了！"我们要的是横斜旁出的几枝，这样的不蠢；要的是几朵半开，多数是骨朵的，这样可以在瓷瓶里养好几天——如果是全开的，几天就谢了。

　　下雪了，过年了。大年初一，我早早就起来，到后园选摘几枝全是骨朵的腊梅，把骨朵都剥下来，用极细的铜丝——这种铜丝是穿珠花用的，就叫做"花丝"，把这些骨朵穿成插鬓的花。我们县北门的城门口有一家穿珠花的铺子，我放学回家路过，总要钻进去看几个女工怎样穿珠花，我就用她们的办法穿成各式各样的腊梅珠花。我在这些腊梅珠子花当中嵌了几粒天竺果——我家后园的一角有一棵天竺。黄腊梅、红天竺，我到现在还很得意：那是真很好看的。我把这些腊梅珠花送给我的祖母，送给大伯母，送给我的继母。她们梳了头，就插戴起来。然后，互相拜年。我应该当一个工艺美术师的，写什么屁小说！

一九八七年二月十八日

紫薇

唐朝人也不是都能认得紫薇花的。《韵语阳秋》卷第十六："白乐天诗多说别花，如《紫薇花诗》云'除却微之见应爱，世间少有别花人'……今好事之家，有奇花多矣，所谓别花人，未之见也。鲍溶作《仙檀花诗》寄袁德师侍御，有'欲求御史更分别'之句，岂谓是邪？"这里所说的"别"是分辨的意思。白居易是能"别"紫薇花的，他写过至少三首关于紫薇的诗。《韵语阳秋》云：

> 白乐天作中书舍人，入直西省，对紫薇花而有咏曰："丝纶阁下文章静，钟鼓楼中刻漏长。独坐黄昏谁是伴，紫薇花对紫薇郎。"后又云："紫薇花对紫薇翁，名目虽同貌不同，则此花之珍艳可知矣。"爪其本则枝叶俱动，俗谓之"不耐痒花"。自五月开至九月尚烂漫，俗又谓之"百日红"。唐人赋咏，未有及此二事者。本朝梅圣俞时注意此花。一诗赠韩子华，则曰："薄肤痒不胜轻爪，嫩干生宜近禁庐"；一诗赠王景彝，则曰："薄薄嫩肤摇鸟爪，离离碎叶剪城霞"，然皆著不耐痒事，而未有及百日红者。胡文恭在西掖前亦有三诗，其一云："雅当翻药地，繁极曝衣天"，注云："花至七夕犹繁"，似有百日红之意，可见当时此花之盛。省吏相传，咸平中，李昌武自别墅移植于此。晏元献尝作赋题于省中，所谓"得自羊墅，来从召园，有昔日之绎老，无当时之仲文"是也。

对于年轻的读者，需要做一点解释，"紫薇花对紫薇郎"是什么意思。紫薇郎亦作紫微郎，唐代官名，即中书侍郎。《新唐书·百官志二》注："开元元年，改中书省曰紫微省，中书令曰紫微令。"白居易曾为中书侍郎，故自称紫微郎。中书侍郎是要到宫里值班的，独自坐在办公室里，不免有些寂寞，但是这也不是一般人所能谋得到的差事，诗里又透出几分得意。"紫薇花对紫薇郎"，使人觉得有点罗曼蒂克，其实没有。不过你要是有一点罗曼蒂克的联想，也可以。石涛和尚画过一幅紫薇花，题的就是白居易的这首诗。紫薇颜色很娇，画面很美，更易使人产生这是一首情诗的错觉。

从《韵语阳秋》的记载，我们可以知道两件事。一是"爪其本则枝叶俱动"。紫薇的树干的外皮易脱落，露出里面的"嫩肤"，嫩肤上留下外皮脱落后的一片一片的青色和白色的云斑。用指甲搔搔树干的嫩肤，确实是会枝叶俱动的。宋朝人叫它"不耐痒花"，现在很多地方叫它"怕痒痒树"或"痒痒树"。这到底是什么道理，好像没有人解释过。二是花期甚长。这是夏天的花。胡文恭说它"繁极曝衣天"，白居易说它"独占芳菲当夏景，不将颜色托春风"。但是它"花至七夕犹繁"。我甚至在飘着小雪的天气，还看见一棵紫薇依然开着仅有的一穗红花！

我家的后园有一棵紫薇。这棵紫薇有年头了，主干有茶杯口粗，高过屋檐。一到放暑假，它开起花来，真是"繁"得不得了。紫薇花是六瓣的，但是花瓣皱缩，瓣边还有很多不规则的缺刻，所以根本分不清它是几瓣，只是碎碎叨叨的一球，当中还射出许多花须、花蕊。一个枝子上有很多朵花。一棵树上有数不清的枝子。真是乱。乱红成阵。乱成一团。简直像一群幼儿园的孩子放开了又高又脆的小嗓子一起乱嚷嚷。在乱哄哄的繁花之间还有很多赶来凑热闹的黑蜂。这种蜂不是普通的蜜蜂，个儿很大，有指头顶那样大，黑的，就是齐白石爱画的那种。我到现在还叫不出这是什么蜂。这种大黑蜂分量很重。它一落在一朵花上，抱住了花须，这一穗花就叫它压得沉了下来。它起翅飞去，花穗才挣回原处，还得哆嗦两下。

　　大黑蜂不像马蜂那样会做窠。它们也不像马蜂一样的群居，是单个生活的。在人家房檐的椽子下面钻一个圆洞，这就是它的家。我常常看见一个大黑蜂飞回来了，一收翅膀，钻进圆洞，就赶紧用一根细细的帐竿竹子捅进圆洞，来回地拧，它就在洞里嗯嗯地叫。我把竹竿一拔，啪的一声，它就掉到了地上。我赶紧把它捉起来，放进一个玻璃瓶里，盖上盖——瓶盖上用洋钉凿了几个窟窿。瓶子里塞了好些紫薇花。大黑蜂没有受伤，它只是摔晕过去了。过了一会儿，它缓醒过来了，就在花瓣之间乱爬。大黑蜂生命力很强，能活几天。我老幻想它能在瓶里呆熟了，放它出去，它再飞回来。可是不知什么时候，它仰面朝天，死了。

　　紫薇原产于中国中部和南部。白居易诗云"浔阳官舍双高树，兴善僧庭一大丛。何似苏州安置处，花堂栏下月明中"，这些都是偏南的地方。但是北方很早就有了，如长安。北京过去也有，但很少（北京人多不识紫薇）。近年北京大量种植，到处都是。街心花园几乎都有。选择这种花木来美化城市环境是很有道理的，因为它花繁盛，颜色多（多为胭脂红，也有紫色和白色的），花期长。但是似乎生长得很慢。密云水库大坝下的通道两侧，隔不远就有一棵紫薇。我每年夏天要到密云开一次会,年年到坝下散步,都看到这些紫薇。看了四年,它们好像还是那样大。

比起北京雨后春笋一样耸立起来的高楼,北京的花木的生长就显得更慢。因此,对花木要倍加爱惜。

一九八七年二月二十一日

汪曾祺(1920—1997),作家。著有小说集《邂逅集》《晚饭花集》,散文集《蒲桥集》《塔上随笔》,文学评论集《晚翠文谈》等。

黄永玉

米修士，你在哪里呀！
——怀廖冰兄

我问一个朋友的孩子："天上有什么发亮的东西？"

"礼花！"他说。

这颇出我意料之外，原以为他会说出太阳、月亮、星星之类的东西。

"还有呢？"我问。

"闪电！"他回答。

天上发亮的东西还有闪电，我怎么给忘了……

和冰兄做了三十多年朋友，一心只想起他是个杰出的漫画斗士，反动统治时期跟国民党杀得死去活来。一直以为在他的生活天空里只有太阳、月亮和星星，却把闪电和礼花忽略了。

不仅仅是我和他的别的朋友，连他自己也不重视自己生活中的闪电和礼花，自然还有孩子没有提到的北极光。

一九四六年我从广州到香港去谋事。新波把我安排在湾仔的一间称做"南国艺术学院"的房间里的六张课桌上，白天在英国文化委员会的图书馆和美国新闻处图书馆里找书看，晚上再回到那六张课桌拼成的床上睡觉。记得好像是在五楼上吧！码头恰好是一座庞大的垃圾站，一阵阵给翻腾起来的臭气熏天的全香港的腐烂精华涌进鼻子里和梦里来。那时候年轻，对一切困苦都不在乎，工作肯定无望，只有新波有时从《华商报》下班时来看看我，给我点零用钱。他那时经济上也够呛，我明白得很，那种帮助是一种"吐哺"，把自己体内的营养的一部分给了朋友。

他告诉我，冰兄也在这里，生活和工作担子重得不得了，身体也不好，为了战斗，一天到晚地画。

冰兄是我早就尊敬的一位画家，只是没有见过面。新波说好几时去看看他，约着去喝一次咖啡。后来因为被别的杂七杂八的琐事所耽误，没有能实现。

后来我就离开香港到别处去了。一九四八年我又回到香港，在一个什么会上还是新波把我介绍给了冰兄。

老实说，第一印象并不怎么好。他体型瘦而干，鼓起两只大眼睛，泪囊出奇地明显；起伏的鼻梁下面一张大嘴，而且，在会上很快就发现这张大嘴的作用；那么大的嗓门，囊括了全部发言的一半。他很像一个仗打得很勇猛的粗鲁的将军。对这一类人，人们总是充满原谅的。当时我就是这么想的。

我是个"生客"，又年轻，会上有的是前辈和学长们，我只静静地撑持着有限的倾听和观察的权利。

会接近尾声的时候，新波把我介绍给大家，然后他说：

"他刚来，连住处也没有，谁家里可以供他吃饭和铺张床的？"

这真是需要认真思考的事，所以空气显得有点紧张。

"嗳！行啦，行啦，行啦！到我那儿去吧！"冰兄很快地做了这个决定。

只是第一次见面，他把人世间壮丽的慷慨处理得那么轻率而潇洒。

第二天下午，我带了箱子、铺盖以及一大堆画框、画架,"进驻"了廖家。

见到了冰兄嫂嫂,他们的五岁的大女儿"零一"和两岁的小女儿"零二",还有他们的老保姆秀姐。那时候,用板子间隔成的双人床大小的房间又走出两位青年男女,是睿智的作家艾明之夫妇。

三十平方米见方的一层狭窄的楼房里,挤进那么多的人,不能不叹服主人的胸怀宽阔了。只有几厘米板墙相隔的生活,几乎是连跳蚤咳嗽的声音也听得见的。

楼外大街只有深夜数刻的安静。

冰兄的创作往往必须在最热闹的中午弄出来。很快,报馆取稿的朋友就会来敲门。

冰兄漫画的构思从来没有枯竭,每一天新鲜而犀利的譬喻往往使我大笑几次。

香港天气热多凉少。冰兄为了礼貌必穿长裤,为了消暑又必减温;如果我记性不错的话,他穿的应该是一条很薄的花条子的睡裤,上边一件短袖汗衫。瘦而单薄,站在一个地方,双膝向内形成一个"X"形的下半身。朋友们半公开地给他一个"腊肠"的绰号。

他从来不像另一位杰出的漫画家张文元和作家孟超对我夸耀过自己的英俊。但冰兄从不为长得不够体面而歉然过。他好像从未关心过自己的形体问题。

"零一"和"零二"时常夜哭,嫂夫人每天一早还要上班,冰兄只好起来抱着孩子来回走动,唱着可怕的催眠曲:

喔喔喔!乖乖快睡觉,乖乖快睡觉……该死的东西,再哭!再哭就丢你下楼去!再哭!喔喔喔!宝宝乖,乖乖快睡觉,乖乖快睡觉……

米修士,你在哪里呀!·105·

在这种催眠歌声里，真正受益的倒是我，我是一觉睡到天亮的。

他很少娱乐，一是家务，一是钱，一是时间；但当时沸腾的进步活动他可是每会必到。

我已经忘记具体的吃饭的方式，意思是说，基本上我是在他家吃饭。我当时没有收入，不可能在经济上作贡献，怎么可以吃那么些日子呢？他和嫂夫人从来没有表示过厌烦的意思——谁都有经验，主人只要有哪怕百万分之一的厌烦暗示，客人都会感觉出来。

白天要作画，晚上哄孩子，我住的那些日子天天如此。

他从各种角度、各种方向瞄准反动派，对其极尽挖苦讽刺之能事，我若是反动派而又懂点幽默的话，读到冰兄的作品，一定会哈哈大笑表示欣赏的；但是反动派那时候曾宣言要干掉廖冰兄。

他还每天画一种名叫"阿庚"的四幅一套的连环画，讽刺香港不正常、不合理的社会生活。他是很懂得战术和策略的，市民争相抢购他的作品。

那么纷扰、那么艰苦的生活中，有时候他居然雅兴大发而作起曲来。他可能还认为自己有音乐才能，这一点，肯定是他对自己估计过高。尽管他宣称曾经担任过音乐教员之类的职务……

我老远就分辨得出他是不是要作曲了。

一只脚跷在座位上，左手紧紧地抱住不放，右手捏着刚刚画完画的铅笔，桌子上摊着纸，眼望天花板，用捏着铅笔的手剥着下嘴唇发干的嘴皮（剥得过火有时还流血），忽然，灵感来了俯身便写，嘴里连忙唱着：

33 33 | 33 33 | 33 33 | 33 33 |
33 33 | 33 33 | 33 33 | 33 33 |
…………

每一次的灵感都是"3"音，我这个最接近作曲家的人都不免认为，鸭子要成为作曲家，恐怕比他要容易得多。

每一个人都有对自己估计过高的毛病，不能写诗的人硬要写诗，不能画画的人硬要画画，比如我自己就曾经认为既然能刻木刻，当然能刻印章；于是买了石头、雕刀、印床，还弄来不少印谱；事后才觉得未免冲昏头脑，不自量力，明白图章不是说一声刻就刻得来的。

冰兄作曲就是这样，就连偶尔拉开嗓子唱两句歌，跟退休的老母鸡一样，也叫不成什么名堂。

作为天空上发亮的东西，它不过只是丢失了火药捻子，原来可以到天空亮一下的冲天炮。

绀弩老人曾经说过，廖冰兄是个大诗人。冰兄的竹枝词、粤讴，几乎是随口成章，句句见好，充满了机智和生活的欢快。一幅漫画，怎么容得下冰兄的全部修养呢？但是冰兄一点也不自觉，仿佛他根本不是一个诗人似的。我觉得实在可惜。他不写或少写，大家怎么看得见呢？

很多很多年以前，冰兄给诗人彭燕郊的诗集《第一次爱》做的封面，使我深受感动。我在一九四八年曾写过一篇关于冰兄的短文谈到过，他不只是一位漫画家，而且还应该是一位画大画的画家，比如画壁画之类。

他那充满磅礴、浪漫情感的想象力，大胆地说，当今画家没有第二个人。

从他早年在重庆时期画的那些带色彩的富于凄怆诗意

的描写知识分子的几幅漫画中也可以见到。多么深刻而灿烂!

但是,这么多年,他再也没有画出什么来。耳朵越聋,嗓子越响(聋子大都如此,自己听不见还以为别人也听不见),恐怕,脾气也越来越怪。

人,并非自己塑造自己。

奇怪的性格产生于奇怪的遭遇。套一句托尔斯泰的名言,改之为:

"正常的性格都一样,奇怪的性格各有各的奇怪"未尝不可。

有没有可能?——我这是对冰兄说,在晚年写一些诗,画一些大一些的画呢?

冰兄啊!你根本没有发掘自己!

你知道你是谁吗?

"米修士,你在哪里呀!"

一九八一年三月十五日
于北京

黄永玉(1924—),画家、作家。著有散文集《太阳下的风景》《比我老的老头》,自传体长篇小说《无愁河的浪荡汉子》等。

新凤霞

左撇子

我小时是个左撇子，拿东西，学戏做动作，练功拿刀枪把子，都是左手得劲，拿马鞭也是用左手，因此挨了不少打。姐姐总说："凭你这个左撇子就不能唱戏。"我最怕说我不能唱戏了，就拼命练右手，随时随地练；没有两年，我右手也能用了，拿马鞭也很灵活了；左右云手，左右手掏翎子都好。

我做针线活也是左手，用剪子也是左手。可这也有个好处，九岁就会绗被子，因为左右手都会；右手从这头绗过去，左手再从那头绗过来，很快就能绗完一床被子。做棉衣要铺开了绗引，我也是比别人快；从左引绗到右边，又从右引绗到左边；两只手用针一窝窝地来回倒非常快。我矫正左手主要是为了唱戏做动作，可这么一练呀，两只手都一样能干了！两只手用针，两只手用剪子；两只手耍刀抢枪，哪边儿也难不住我啦！

后来下干校，在农村插秧，我双手都能插，动作很快，他们都赶不上我。

写字开始也是用左手。也是因为大伯父说："小凤，你还学写字呀，就凭你是个左撇子，也不能认字、写字。"越这么说，我就偏要练好，很快我就练好了右手写字了。为了矫正左撇子，我吃饭也练，走到哪儿练到哪儿；坐下不动，心里也想着用右手。拿针、动剪子、取东西，自己把左手指用一条布捆上，为了不让它代替右手干活。我就是要赌这口气！练不好不吃饭、不睡觉，非练好不可。

因为这个脾气，我挨打真不少。记得九岁那年，我还穿面口袋染的裤子哪，我的堂姐给我买了四尺花布，要我做条裤子穿，可谁给我做这条裤呢？母亲说："自己的裤子自己做。"我就拿自己的衣服练活，母亲脸色不好，没好气。我也愿意自己学着做，好长本事。可是我不知道一条裤有几条缝对起来，中式缅裆裤又怎么裁，我也不会。我们家大姑妈是最手巧的人，我就拿着这块布去求大姑妈。大姑妈一向是寡妇脾气怪性子，高兴了说什么都行；可她气一不顺说什么也不行。她接过我这块花布连看也不看，反手向炕上一摔说："小凤呀！你太没出息了，学活儿，学活儿么，不敢动剪子能学么？自己剪去，谁伺候你呀！看你就不是块好料儿！"姑妈用手指着我数落了一大顿，我真生气，不给剪就不剪吧，还骂我。我上炕去抢过那块花布，转身就走，嘴里嘟囔着说："不给剪就不给剪吧，你要死掉我还不穿裤子了！"大姑妈听见了大声喊叫，我二伯母正好迎面过来了，大姑妈不住地骂我犟嘴。二伯母朝我来了，我一看走不了啦，我就站住了。二伯母最厉害了，上来就打我，一边抢走了我手里的花布，一边骂我："你还要穿花裤子，你也不撒泡尿照照，你配吗？"我小声说："我不配你配。梆子头，窝窝眼，吃饭抢大碗。"二伯母前脑门长得特高，眼窝长得深，这是我们小孩背后给她起的外号。她把我骂急了，我就说出来了。这下子冲了她的肺管子，她的气可大了，可着命地打我。大姑妈也赶上来打我，一边说："小凤，回家！"她的口气是让我回家，也可能是要给我剪裤子了。我可一点不动，二伯母拉我，我也不动，二伯母转身就走。我追上她，抢回花布，还到原地站着不动。大姑妈说："小凤！你拧吧！"她们两个人一起打我，大姑妈手上戴着做针线的顶针，打到我身上头上，可疼了，打上就青一块。她们两个打我，我一动不动，两只脚平站着；她们打歪了我身子，我还是平站着，不流眼泪，也不出声。我大姑妈、二伯母都是一双小脚，她们两个打累了，都走了，我还站在那里一动不动。直到姐姐来了，叫我回去吊嗓子，我才老老实实地跟姐姐回去了，一句也没说。

这条裤子怎么办呢？非自己做上不可！我回到屋里，母亲抱着孩子串门儿去了，父亲也不在。那时穷孩子就穿一条裤子，也不穿裤衩，柜门让母亲锁上了，就我身上穿的一条裤。我脱下裤来坐在炕上，用床单围在身上，自己照着剪裤子，左比右比，用剪子裁了；不愿让人看见，费了好多天工夫，自己做上了；结果缅裆裤让我给做成一顺边了，穿上很不舒服。我也穿上，反正我是不求人了。裤子立裆缝都向左顺，姑妈看见又笑又骂："小凤这小左撇子，做条裤子，也是左立裆一顺边。"我说，"我自己愿意穿什么样就什么样！"后来我硬是自己又做了一条很合规格的蓝布裤子，是我自己挣钱买的布，自己剪裁自己做的。二伯母、大姑妈、我母亲都说我做得不错。

十岁做彩鞋，上底子很难，问谁谁都不愿意告诉我，我就自己上底子。人家上底子，都是先对好了后跟和鞋尖；可我不懂，先把当中找齐了，再上周围。二伯母笑话我，骂我小拧种。我说："都不告诉，我也穿上了。"现在回想那时候的大人，怎么那么缺德？可是就因为我两只手都能做活，所以我绱的底子很正。

我的脑子好,二伯母骂我的话都记着,二伯父说的话我也忘不了:"小凤,你没有大出息。就冲你是左撇子,你就认不了字,写不了字。"姐姐和二伯母说,"小凤,就冲你是左撇子,你就唱不了戏,练不了功。"

可我呢,就冲你们这么说我,我就非得练好功,唱好戏,认上字,写上字。我下了狠心,不改正左撇子,不练好右手,死也不见人!直到现在我得了重病,头脑还这么清楚,大概也是左右脑都发达的原因。多少年来,我练功,干活,做事,劳动,都是左右手一齐来。从那以后,邻居们说:"杨家的大姑娘干活左右开弓。"给我起了个外号,叫"麻利快"。

我的小女儿双双也是左撇子,是我的遗传。她上小学时,老师把她的左手写字硬扳过来了;可是她除去写字,干别的都是左手,连画画儿都是左手。女儿脾气犟也随我,我觉得女孩儿有点拧脾气也好。

载于《以苦为乐——新凤霞艺术生涯》
中国戏剧出版社一九八三年版

新凤霞(1927—1998),评剧演员,散文作家。本名杨淑敏。代表剧目有《杨三姐告状》《花为媒》《刘巧儿》等。著有《新凤霞回忆录》等。

西西

羊吃草

在吐鲁番，我看见羊吃草。以前，我并没有仔细地看过羊吃草，也不晓得它们吃的是怎么样的草。我见过马吃草、牛吃草、驴子吃草。它们总是低下头来，伸长了脖子，把嘴嗅到地面的草上，一面咬住草茎，一面撒撒地撕裂草梗，或者拔菜也似的把草连根拔起。牛、马和驴大概要一口气拔很多草，才闭上嘴巴，磨碾一阵牙齿，慢慢咀嚼，然后吞下肚子，让胃去消化和反刍。我看见牛和马吃的草，都是普通草地上的青草——那种短矮的、匍伏在地面上攀爬的青草。有时候，我也看见驴子停在一辆木头车边吃车上堆着的草，那是人们割下来的像葱条一般细长的草。

我们在吐鲁番参观了坎儿井地下水和防风林。在防风林的附近，有一座特别的沙丘，是一座馒头也似的黑色山阜，在阳光底下闪着沉默的光，仿佛一座乌金矿。沙丘上有许多人把半截身子埋在沙底下，露出剩下的身躯和头颅，以及他们民族色彩的鲜艳衣饰，这些人，都到沙丘来医治关节炎。

我并没有跑上沙丘，因为我看见一个男孩赶着一群羊来了。男孩穿着藏青的汗背心、炭黑的长布裤、灰尘仆仆的白运动鞋，头上戴了一顶纯白的维吾尔族小圆帽。他赶着数约二三十只羊，其中有黑山羊，也有白绵羊，羊们在沙地上散开，各自低头吃草。沙丘上面没有草，沙丘底下的四周，仍是一片灰泥色的细沙，仿佛戈壁滩到了这里，碎得如粉了。但在这片沙地上，却长满了丛生的矮草，展散了延蔓的枝条。羊看见了草，纷纷风卷残云似地舐啮起来。我想引一头小羊走来这边，于是蹲下来，伸手去拔取草叶。

我哪里是在拔草呢，我那时的感觉是，我采拔的大概是荆棘，因为我一把抓到手里的竟是满掌的芒刺，好像握着一堆铁蒺藜。我迅速缩回手，手指都火辣辣地像中了蜜蜂的针，是无数的针。我看看面前这纤细瘦削的蔓草，难道它们是箭猪和刺猬？

我一直以为，羊和牛、马或驴子一样，吃的都是贴近地面生长的那种软嫩的短草，这时才知道，羊吃的竟是像玫瑰花茎那般多刺的植物。我看见它们愉快地吃着，像一部锋利的剪草机，沙沙沙，草都吃进嘴巴去了，多么丰富的一顿下午茶。我还看见羊只在草丛中走来走去，仿佛它们四周的植物不是尖锐的芒刺，而是如絮的棉花。它们真使我惊异呢。它们有一张怎么样的嘴，是钢铁的唇舌、上下颚和口腔？为什么可以吞啮针似的草茎而不受伤？肥胖的绵羊，满身是浓厚的卷曲羊毛，走在草丛中也许能够无视草叶的利刺，可是山羊只有短而薄的披毛，但它们在丛草间穿插，同样仿佛经过的是一片秧田。羊们真令我惊异呢。

南山牧场是真正的"乌鲁木齐"，因为乌鲁木齐的意思就是美丽的牧场。我们站在公路上，面对漫山遍野苍绿的松树，深深地呼吸。这草原一片芬芳，充满泥土和花朵的甜味，我还以为自己忽然到了阿尔卑斯山。但远方积雪的峰峦是天山，融化了的冰块，汇成河道在我们面前的山坡下流过，许多人都奔跑到水边去了。过了很久，他们才肯一一回来，但都雪雪呼痛，说是有一种草，把他们刺得跳起来。他们之中不乏穿着坚厚的牛仔裤的人，但在草丛中跑过，仿佛有千千万万的芒针插在腿脚上。

草原上除了地毯也似的青草外，到处都是小花，有的白，有的紫，有的怯怯地嫣红，夹杂在各种高高低低的植物之中，我们看见一种尺来高的植物，没有花，叶子细小狭短，茎枝上布满星形放射走向的小针叶，于是有人喊起来：是这种草了，是这种草了。连那么厚的牛仔裤也能透过，叫我们惊跳起来。我仔细看看那草，并不认识这种草的名字，以前也没有见过，但我记得，这草就是沙丘底下羊们觅食的点心。一位陪我们到处逛的田老师说：这些草，羊最喜欢了。

在乌鲁木齐，我也看见了羊吃草。那时候，我们坐在天池上的游艇里，两岸是层层叠叠的山和松树，在向阳的山坡上，遍山隐隐地点缀着一点一点的白花，并且弯弯曲曲的，在山坡上呈现一个"之"字形。偶然，白花缓缓地移动起来，这时候，我们才知道，山坡上的白点子不是花朵，而是放牧的羊群。带头的羊走在前面，横越过山腰，随后的羊都跟着那道白色的虚线朝更高的山顶攀登。羊们居然能够爬上那么高的山，仿佛它们不是羊，是鹰。

对于天山的风景，我们感到失望，天池是一座水库，但环境遭受污染的程度，令我们沮丧：到处是故意摔破的玻璃瓶，花衬衫的游民提着声浪袭人的收音机。或者，关于天山，我们其实又认识多少呢？我们不过到达天池旁边的一个小角落，看见的也只是供游客驻足一阵的名胜，我们可曾攀过雪线，自己去寻找天山冰洁的雪莲？

为了寻求更丰盛的草原，羊们攀到了山的极高处，当我们抬头仰望，山坡上的动物，竟是我们心目中柔弱的羊吗？天池的水寒澈入骨，天池的风凉冷如冰，带备衣衫来的人纷纷披上了风衣或毛线衣。山坡上的羊没有加衣，在这充满荆棘的世界上，它们不必穿戴甲胄，不必练就一身铜皮铁骨，但见它们摇摇摆摆、晃晃荡荡，以一个个软绵绵的身躯，在芒刺间悠然步行，安然度过。

一九八一年十月

西西（1938— ），作家、诗人。本名张彦。著有长篇小说《我城》，短篇小说集《像我这样的一个女子》，诗集《石磬》等。

李零

史学中的文学力量

很多年前,有人约稿,说是给青年学生推荐点文史类的经典,很多人写,然后凑成一本书。写什么好呢?约稿人说,你就拣历史方面自己觉得重要的书,随便写,字数在三千字左右,当然,最好通俗一点。我依命行事,临动笔,想了一下,在我心中,什么够得上"重要"二字?好像很多也很少,千挑万选,未必合适,为稳妥起见,还是写两本我比较熟悉也比较喜欢的书吧,一本是《史记》,一本是《观堂集林》。但文章写成,没有下文(眼下,这类书倒是大为流行)。最近,承张鸣先生不弃,要我为《新东方》奉献小文,我素无积稿,翻箱倒柜,只有这点东西在。现在拿出来,真不好意思。书是很普通的书,话是很普通的话,难免老生常谈,重复别人讲过的东西。说不定,还有什么狐狸尾巴,让人抓住,也保不齐。我只能这么说,这两篇旧稿,除大家熟悉的事,有些问题,我是认真想过,其中还是有一点心得体会。

我们先谈《史记》。读它,我有一个感觉,就是我是在和活人谈话。司马迁,好人。好人经常倒霉,我对他很同情,也很佩服,觉得他这一辈子没有白活。

《史记》是一部什么样的书?大家都知道,它是一部史书,而且是史部第一,就像希罗多德之于希腊,我们也是把司马迁当"史学之父"。但此书之意义,我理解,却并不在于它是开了纪传体的头。相反,它的意义在哪儿?我看,倒是在于它不是一部以朝代为断限，干巴巴罗列帝王将相，孳孳于一姓兴亡的狭义史书，像晚于它又模仿它的其他二十多部现在称为"正史"的书。我欣赏它，是因为它视野开阔，胸襟博大，早于它的事，它做了总结；晚于它的事，它开了头。它是一部上起轩辕，下迄孝武，"究天人之际，通古今之变"的"大历史"。当时的"古代史""近代史"和"当代史"它都讲到了。特别是它叙事生动，笔端熔铸感情，让人读着不枯燥，而且越想越有意思。

司马迁作《史记》，利用材料很多。它们不仅有"石室金匮"（汉代的国家图书馆兼档案馆）收藏的图书档案，也有他调查采访的故老传闻，包含社会调查和口头历史的成分。学者对《史记》引书做详细查证，仅就明确可考者而言，已相当可观。我们现在还能看到的早期古书，他差不多都看过。我们现在看不到的古书，即大家讲的佚书，更是多了去。这些早期史料，按后世分类，主要属于经、子二部，以及史部中的"古史"。经书，其中有不少是来自官书旧档，年代最古老。它们经战国思想过滤，同诸子传记一起，积淀为汉代的"六艺之书"和"六家之学"。司马迁"厥协六经异传，整齐百家杂语"，是我们从汉代思想进窥先秦历史的重要门径。不仅如此，它还涉及诗赋、兵书、数术、方技，包含后世集部和子部中属于专门之学的许多重要内容，同时又是百科全书式的知识总汇。它于四部仅居其一，但对研究其他三部实有承上启下（承经、子，启史、集）的关键作用。借用一句老话，就是"举一隅而三隅反"。据我所知，有些老先生，不是科举时代的老先生，而是风气转移后的老先生，他们就是拿《史记》当阅读古书的门径，甚至让自己的孩子从这里入手。比如大家都知道，王国维和杨树达，他们的古书底子就是《史》《汉》。所以，我一直认为，这是读古书的一把钥匙，特别是对研究早期的学者，更是如此。

读《史记》，除史料依据，编纂体例也很重要。这本书的体例，按一般讲法，是叫"纪传体"，而有别于"编年体"（如鲁《春秋》《左传》《纪年》及后世的《通鉴》）和"纪事本末体"（如《国语》《国策》和后人编的各种纪事本末）。但更准确地说，它却是以"世系"为经，"编年""纪事"为纬，带有综合性，并不简单是由传记而构成，在形式上，是模仿早期贵族的谱牒。司马迁作史，中心是"人"，框架是"族谱"。它是照《世本》和汉代保存的大量谱牒，按世系分衍，来讲"空间"（国别、地域、郡望）和"时间"（朝代史、国别史和家族史），以及"空间""时间"下的"人物"和"事件"。它的十二本纪、三十世家、七十列传，"本纪"是讲"本"，即族谱的"根"或"主干"；"世家"是讲"世"，即族谱的"分枝"；"列传"是讲"世"底下的人物，即族谱的"叶"。这是全书的主体。它的本纪、世家都是分国叙事、编年叙事，用以统摄后面的列传。本纪、世家之外，还有"十表"互见，作全书的时空框架。其"纪传五体"，其中只有"八书"是讲典章制度，时空观念较差，属于结构性描述。原始人类有"寻根癖"，古代贵族有"血统论"，春秋战国"礼坏乐崩"，但"摆谱"的风气更盛（"世"在当时是贵族子弟的必修课），很多铜器铭文，都是一上来就"自报家门"，说我是"某某之子某某之孙"。司马迁虽生于布衣可取卿相的汉代，但他是作"大历史"。他要打通古今，保持联贯，还是以这样的体裁最方便。这是我们应该理解他的地方。

司马迁作《史记》，其特点不仅是宏通博大，具有高度概括性，而且更重要的是，它还能以"互文相足之法"，节省笔墨，存真阙疑，尽量保存史料的"鲜活"。比如初读《史记》的人，谁都不难发现，它的记述往往自相矛盾，不但篇与篇之间会有这种问题，就是一篇之内也能摆好几种说法，让人觉得莫衷一是。但熟悉《史记》体例的人，他们都知道，这是作者"兼存异说"，故意如此。它讲秦就以秦的史料为主，讲楚就以楚的史料为主，尽量让"角色"按"本色"讲话。这非但不是《史记》的粗疏，反而是它的谨慎。如果吹毛求疵，给《史记》挑错，当然会有大丰收，但找错误的前提，首先也是理解。

《史记》伟大，它的作者更伟大。我们"读其书而想见其为人"，一定要读他的《太史公自序》和《报任安书》。《太史公自序》很重要，因为只有读这篇东西，你才能了解他的学术背景和创作过程，知道他有家学渊源、名师传授，"读万卷书，行万里路"，人生老道，所以文笔也老道。但我们千万不要忽略，他还有一封《报任安书》。如果我们说《太史公自序》是司马迁的"学术史"，那么《报任安书》就是他的"心灵史"。这是一篇"欲死不能"之人同"行将就死"之人的心灵对话，每句话都掏心窝子，里面浸透着生之热恋和死之痛苦。其辗转于生死之际的羞辱、恐惧和悲愤，五内俱焚、汗发沾背的心理创伤，非身临其境，绝难体会。小时候读《古文观止》，我总以为这是最震撼人心、催人泪下的一篇。

司马迁为"墙倒众人推"的李将军（李陵）打抱不平，惨遭宫刑，在我看来，正是属于鲁迅所说敢于"抚哭叛徒"的"脊梁"。他和李将军,一个是文官,一个是武将,趣舍异路,素无杯酒交欢,竟能舍饭碗、性命不顾,仗义执言,已是诸、刘之勇不能当。而更难的是,他还能在这场"飞来横祸"之后,从命运的泥潭中撑拄自拔,发愤著书,成就其名山事业。读《报任安书》,我有一点感想:历史并不仅仅是一种由死人积累的知识,也是一种由活人塑造的体验。这种人生体验和超越生命的渴望,乃是贯穿于文学、艺术、宗教、哲学和历史的共同精神。史家在此类"超越"中尤为重要。它之所以能把自身之外"盈虚有数"的众多生命汇为波澜壮阔的历史长河,首先就在于,它是把自己的生命也投射其中。我想,司马迁之为司马迁,《史记》之为《史记》,人有侠气,书有侠气,实与这种人生经历有关。一帆风顺,缺乏人生体验,要当历史学家,可以;但要当大历史学家,难。我以为,"大历史"的意义就在通古今,齐生死。

以个人荣辱看历史,固然易生偏见,但司马迁讲历史,却能保持清醒客观,即使是写当代之事,即使是有切肤之痛,也能控制情绪,顶多在赞语中发点感慨,出乎人生,而入乎历史,写史和评史,绝不乱掺和。

对司马迁的赞语和文学性描写,我很欣赏。因为恰好是在这样的话语之中,我们才能窥见其个性,进而理解他的传神之笔。例如,在他笔下,即使是"成者为王"的汉高祖也大有流氓气,即使是"败者为贼"的项羽也不失英雄相。就连当时的恐怖分子,他也会说"不欺其志,名垂后世";就连李斯这样的"大坏蛋",他也会描写其临死之际,父子相哭,遥想当年,牵黄犬、逐狡兔的天伦之乐。很多"大人物"写得就像"小人物"一样。

同司马迁的"发愤著书"有关,《李将军传》也值得一读(有趣的是,它是放在《匈奴传》和《卫将军传》的前边)。他讲李陵之祸,着墨不多,对比《汉书》,好像一笔带过。这种省略是出于"不敢言"还是"不忍言",我们很难猜测。但他在赞语中说:

> 传曰"其身正,不令而行;其身不正,虽令不从",其李将军之谓也?余睹李将军,悛悛如鄙人,口不能道辞。及死之日,天下知与不知,皆为尽哀。彼其忠实心诚信于士大夫也?谚曰"桃李不言,下自成蹊"。此言虽小,可以谕大也。

司马迁说的"李将军"是李广而不是李陵,然陵为广孙,有其家风,就连命运的悲惨都一模一样。我们拿这段话对比苏建评卫青的话,"大将军至尊重,而天下之贤大夫毋称焉"(《卫将军传》赞引),他的"无言"不是更胜于"有言"吗?

汉代以后,"卫将军"只见称于记录汉代武功的史乘,而无闻于民间。相反,李将军却借诗文的传诵而大出其名。一九九七年,中国历史博物馆举办全国考古新发现精品展,其中有敦煌市博物馆送展的西晋壁画砖,上面有个骑马的人物,正在回头射箭,上有榜题为证,不是别人,正是李广。

看见李将军,我就想到了司马迁,想到了史学中的文学力量。

二〇〇三年三月十日改写于北京蓝旗营寓所

李零(1948—),学者。著有《我们的经典》四种、《简帛古书与学术源流》等学术著作,散文集《放虎归山》《花间一壶酒》等。

北岛

北京的味儿

一

关于北京，首先让我想到的是气味儿，随季节变化而变化。就这一点而言，人像狗。要不为什么那些老华侨多年后回国，四顾茫然，张着嘴，东闻闻西嗅嗅——寻找的就是那记忆中的北京味儿。

冬储大白菜味儿。立冬前后，各副食店门前搭起临时菜站，大白菜堆积如山，从早到晚排起长队。每家至少得买上几百斤，用平板三轮、自行车、儿童车等各种工具倒腾回家，邻里间互相照应，特别是对那些行动不便的孤寡老人。大白菜先摊开晾晒，然后码放在窗下、门边、过道里、阳台上，用草帘子或旧棉被盖住。冬天风雪肆虐，大白菜像木乃伊干枯变质，顽强地散发出霉烂味儿，提示着它们的存在。

煤烟味儿。为取暖做饭，大小煤球炉蜂窝煤炉像烟鬼把烟囱伸出门窗，喷云吐雾。而煤焦油从烟囱口落到地上，结成一坨坨黑冰。赶上刮风天，得赶紧转动烟囱口的拐脖——浓烟倒灌，呛得人鼻涕眼泪，狂嗽不止。更别提那阴险的煤气：趁人不备，温柔地杀你。

灰尘味儿。相当于颜色中的铁灰加点儿赭石——北京冬天的底色。它是所有气味儿中的统帅，让人口干舌燥，嗓子冒烟，心情恶劣。一旦借西北风更是了得，千军万马,铺天盖地,顺窗缝门缝登堂入室,没处躲没处藏。当年戴口罩防的主要就是它,否则出门满嘴牙碜。

正当北京人活得不耐烦,骤然间大雪纷飞,覆盖全城。大雪有一股云中薄荷味儿,特别是出门吸第一口,清凉滋润。孩子们高喊着冲出门去,他们摘掉口罩扔下手套,一边喷吐哈气,一边打雪仗堆雪人。直到道路泥泞,结成脏冰,他们沿着脏冰打出溜儿,快到尽头往下一蹲,借惯性再蹭几米,号称"老头钻被窝儿"。

我家离后海很近。孩子们常在那儿"滑野冰",自制冰鞋雪橇滑雪板,呼啸成群,扬起阵阵雪末儿,被风刮到脸上,好像白砂糖一样,舔舔,有股无中生有的甜味儿。工人们在湖面开凿冰块,用铁钩子钩住,沿木板搭的栈道运到岸上,再运到李广桥北面的冰窖。趁人不注意,我跟着同学钻进冰窖,昏暗阴冷,水腥味夹杂着干草味。那些冰块置放在多层木架上,用草垫隔开,最后用草垫木板和土封顶。待来年夏天,这些冰块用于冷藏鲜货食品,制作冰淇淋刨冰。在冰窖里那一刻,我把自己想象成冷冻的鱼。

冬天过于漫长,让人厌烦,孩子们眼巴巴盼着春天。数到"五九",后海沿岸的柳枝蓦然转绿,变得柔软,散发着略带苦涩的清香。解冻了,冰面发出清脆的破裂声,雪水沿房檐滴落,煤焦油的冰坨像墨迹洇开。我们的棉鞋全都变了形,跟蟾蜍一样趴下,咧着嘴,有股咸带鱼的臭味儿。

我母亲几乎年年都买水仙,赶上春节前后悄然开放,暗香涌动,照亮沉闷的室内。在户外,顶属杏花开得最早,随后梨花丁香桃花,风卷花香,熏得人头晕,昏昏欲睡。小时候常说"春困秋乏夏打盹，睡不醒的冬三月"，那时尚不知有花粉过敏一说。

等到槐花一开，夏天到了。国槐乃北方性格，有一种恣意妄为的狞厉之美。相比之下，那淡黄色槐花开得平凡琐碎，一阵风过，如雨飘落。槐花的香味儿很淡，但悠远如箫声。

而伴随着这香味的是可怕的"吊死鬼"。那些蠕虫吐丝吊在空中，此起彼伏，封锁着人行道。穿过"吊死鬼"方阵如过鬼门关，一旦挂在脖子上脸上，挥之不去，让人浑身起鸡皮疙瘩，难免惊叫。

夏天是一年中最快乐的时光，主要是放暑假的缘故吧。我们常去鼓楼"中国民主促进会"看电视打乒乓球，或是去什刹海体育场游泳。说到游泳，我们沉浮在福尔马林味儿、漂白粉味儿和尿臊味儿中，沉浮在人声鼎沸的喧嚣和水下的片刻宁静之间。

暴雨似乎来自体内的压力。当闷热到了难以忍受的临界点，一连串雷电惊天动地，青春期的躁动得到某种程度的释放。雨一停，孩子冲向马路旁阴沟上，一边蹚水一边高叫："下雨啦，冒泡啦，王八戴上草帽啦……"

不知为什么，秋天总与忧伤相关，或许是开学的缘故：自由被没收了。是的，秋天代表了学校的刻板节奏，代表了秩序。粉笔末儿飘散，中文与数字在黑板上出现又消失。在男孩子臭脚丫味儿和脏话之上，是女孩儿的体香，丝丝缕缕，让人困惑。

秋雨阵阵，树叶辗转飘零，湿漉漉的，起初带有泡得过久的酽茶的苦味儿，转而变成发酵的霉烂味儿。与即将接班的冬储大白菜味儿相呼应。

二

话说味儿,除了嗅觉,自然也包括味觉。味觉的记忆更内在,因而也更持久。

鱼肝油味儿,唤醒我最早的童年之梦:在剪纸般的门窗深处,是一盏带有鱼腥味儿的灯光。那灯光大概与我服用鱼肝油的经验有关。起初,从父母严肃的表情中,我把它归为药类,保持着一种天生的警惕。

当鱼肝油通过滴管滴在舌尖上,凉凉的,很快扩散开来,满嘴腥味儿。这从鳕鱼肝脏提炼的油脂,让我品尝到大海深处的孤独感。后来学到的进化论证实了这一点:鱼是人类的祖先。随着年龄增长这孤独感被不断放大,构成青春期内在的轰鸣。滴管改成胶囊后,我把鱼肝油归为准糖果类,不再有抵触情绪。先咬破胶囊,待鱼肝油漏走再细嚼那胶质,有牛皮糖的口感。

"大白兔"奶糖味儿。它是糖果之王,首先是那层半透明的米纸,在舌头上融化时带来预期的快感。"大白兔"奶味儿最重,据说七块糖等于一杯牛奶,为营养不良的孩子所渴望。可惜困难时期,"大白兔"被归入"高级糖",有顺口溜为证:"高级点心高级糖,高级老头上茅房",可见那"高级循环"与平民百姓无关。多年后,一个法国朋友在巴黎让我再次尝到"大白兔",令我激动不已,此后我身上常备那么几块,加入"高级老头"的行列。

困难时期正赶上身体发育,我开始偷吃家里所有能吃的东西,从养在鱼缸的小球藻到父母配给的黏稠的卵磷脂,从钙片到枸杞子,从榨菜到黄酱,从海米到大葱……

父母开始坚壁清野，可挡不住我与日俱增的食欲。什么都吃光了，我开始吞食味精。在美国，跟老外去中国餐馆，他们事先声明"No MSG（不放味精）"，让我听了就他妈心烦。

我把味精从瓶中倒在掌心，一小撮，先用舌尖舔舔，通过味蕾沿神经丛反射到大脑表层，引起最初的兴奋——好像品尝那被提纯的大海，那叫鲜！我开始逐渐加大剂量，刺激持续上升，直到鲜味儿完全消失。最后索性把剩下半瓶味精全倒进嘴里，引起大脑皮层的信号混乱或短路——眩晕恶心，一头栽倒在床上。我估摸，这跟吸毒的经验接近。

父母抱怨，是谁打翻了味精瓶？

在我们小学操场墙外，常有个小贩的叫卖声勾人魂魄。他从背囊中像变戏法变出各种糖果小吃。由于同学引荐，我爱上桂皮。桂皮即桂树的树皮，中草药，辛辣中透着甘甜。两分钱能买好几块，比糖果经久耐吃多了。我用手绢包好，在课堂上时不时舔一下。说实话，除了那桂皮味儿，与知识有关的一切毫无印象。

一天晚上，我和关铁林从学校回家，一个挑担的小贩在路上吆喝："臭豆腐酱豆腐——"我从未尝过臭豆腐，在关铁林怂恿下，花三分钱买了一块，仅一口就噎住了，我把剩下的扔到房上。回到家，保姆钱阿姨喊臭，东闻西嗅，非要追查来源。我冲进厕所刷牙漱口，又溜进厨房，用两大勺白糖糊住嘴。可钱阿姨依然翕动着鼻子，像警犬四处搜寻。

三

一个夏天的早上,我和一凡从三不老胡同1号出发,前往位于鼓楼方砖厂辛安里98号的中国民主促进会,那是我们父辈的工作单位。暑假期间,我们常步行到那儿打乒乓球,顺便嘛,采摘一棵野梨树上的小酸梨。

一出三不老胡同口即德内大街,对面是我的小学所在的弘善胡同,把东北角的小杂货铺发出信号,大脑中条件反射的红灯亮了,分泌出口水——上学路上,我常花两分钱买块糖,就着它把窝头顺进去。

沿德内大街南行百余步,过马路来到刘海胡同副食店。门外菜棚正处理西红柿,一毛钱四斤;还有凭本供应的咸带鱼,三毛八一斤,招来成群的苍蝇,挥之不去。我和一凡本想买两个流汤的西红柿,凑凑兜里的钢镚儿,咽了口唾沫走开。

沿刘海胡同向东,到松树街北拐,穿过大新开胡同时,在路边的公共厕所撒泡尿,那小便池上的尿碱味儿熏得人睁不开眼,我们像在水中练习憋气,蹿出好远才敢深呼吸,而花香沁人心脾——满地槐花。昨夜必是有雨,一潭潭小水洼折射出天光树影。

拐进柳荫街一路向北,这里尽是深宅大院,尽北头高大的围墙后面,据说是徐向前元帅的宅邸。在树荫下,我们买了两根处理小豆冰棍,五分钱两根,省了一分钱。可这处理冰棍软塌塌的,眼看要化了,顾不得细品冰镇小豆的美味儿,两口就吸溜进去,我们抻着脖子仰望天空,肚子咕噜噜响。

出了柳荫街是后海,豁然开朗。后海是什刹海的一部分，始于七百年前元大都时期。作为漕运的终点，这里曾一度繁华似锦。拐角处有棵巨大的国槐，为几个下象棋的人蔽荫。几个半大男孩正在捞蛤蜊，他们憋足气，跃起身往下扎猛子，脚丫蹬出水面，扑哧作响。岸边堆放着几只蛤蜊，大的像锅盖。蛤蜊散发着腥膻的怪味，似乎对人类发出最后的警告。

我们沿后海南沿，用柳枝敲打着湖边铁栏杆。宽阔的水面陡然变窄，两岸由一石桥连缀，这就是银锭桥。银锭观山，乃燕京八景之一。桥边有"烤肉季"，这名扬天下的百年老店，对我等的神经是多大的考验：那烤羊肉的膻香味儿，伴着炭焦味儿及各种调料味儿随风飘荡，搅动我们的胃，提醒中午时分已近。

我们一溜烟穿过烟袋斜街，来到繁华的地安门大街，北望鼓楼，过马路向南走，途经地安门商场副食店，门口贴出告示：处理点心渣儿（即把各种点心的残渣集中出售），我们旋风般冲进去，又旋风般冲了出来，那点心渣儿倒是挺招人爱，可惜粮票和钢镚儿有限。

沿地安门大街左拐进方砖厂胡同，再沿辛安里抵达目的地。"中国民主促进会全国委员会"的牌子，堂而皇之地挂在那儿，怎么看怎么像一句反动口号。

我和一凡先到乒乓球室大战三盘，饥肠辘辘，下决心去摘酸梨垫垫肚子。那棵墙角的野梨树并没多高，三五个土灰色小梨垂在最高枝头。踩着一凡的肩膀我攀上树腰，再向更高的枝头挺进。眼看着快够到小梨，手背一阵刺痛，原来遭"洋辣子"的埋伏。

从树上下来，吮吸那蜇红的伤口，但无济于事。从兜里掏出那几个小梨，在裤子上蹭蹭，咬了一口，又酸又涩，满嘴是难以下咽的残渣。食堂开饭的钟敲响了，一股猪肉炖白菜的香味儿飘过来。

二〇〇九年

北岛（1949— ），诗人、作家。本名赵振开。著有诗集《在天涯》《守夜》，散文集《青灯》《城门开》，评论集《时间的玫瑰》等。

史铁生

我的梦想

也许是因为人缺了什么就更喜欢什么吧，我的两条腿一动不能动，却是个体育迷。我不光喜欢看足球、篮球以及各种球类比赛，也喜欢看田径、游泳、拳击、滑冰、滑雪、自行车和汽车比赛，总之我是个全能体育迷。当然都是从电视里看，体育馆场门前都有很高的台阶，我上不去。如果这一天电视里有精彩的体育节目，好了，我早晨一睁眼就觉得像过节一般，一天当中无论干什么心里都想着它，一分一秒都过得愉快。有时我也怕很多重大比赛集中在一天或几天（譬如刚刚闭幕的奥运会），那样我会把其他要紧的事都耽误掉。

其实我是第二喜欢足球，第三喜欢文学，第一喜欢田径。我能说出所有田径项目的世界纪录是多少，是由谁保持的，保持的时间长还是短。譬如说男子跳远纪录是由比蒙保持的，二十年了还没有人能破；不过这事不大公平，比蒙是在地处高原的墨西哥城跳出这八米九零的，而刘易斯在平原跳出的八米七二事实上比前者还要伟大，但却不能算世界纪录。这些纪录是我顺便记住的，田径运动的魅力不在于纪录，人反正是干不过上帝；但人的力量、意志和优美却能从那奔跑与跳跃中得以充分展现，这才是它的魅力所在。它比任何舞蹈都好看，任何舞蹈跟它比起来都显得矫揉造作甚至故弄玄虚。也许是我见过的舞蹈太少了。而你看刘易斯或者摩西跑起来，你会觉得他们是从人的原始中跑来,跑向无休止的人的未来,全身如风似水般滚动的肌肤就是最自然的舞蹈和最自由的歌。

我最喜欢并且羡慕的人就是刘易斯。他身高一米八八,肩宽腿长,像一头黑色的猎豹,随便一跑就是十秒以内,随便一跳就在八米开外,而且在最重要的比赛中他的动作也是那么舒展、轻捷、富于韵律;绝不像流行歌星们的唱歌,唱到最后总让人怀疑这到底是要干什么。不怕读者诸君笑话,我常暗自祈祷上苍,假若人真能有来世,我不要求别的,只要求有刘易斯那样一副身体就好。我还设想,那时的人又会普遍比现在高了,因此我至少要有一米九以上的身材;那时的百米速度也会普遍比现在快,所以我不能只跑九秒九几。作小说的人多是白日梦患者。好在这白日梦并不令我沮丧,我是因为现实的这个史铁生太令人沮丧,才想出这法子来给他宽慰与向往。我对刘易斯的喜爱和崇拜与日俱增。相信他是世界上最幸福的人。我想若是有什么办法能使我变成他,我肯定不惜一切代价;如果我来世能有那样一个健美的躯体,今生这一身残病的折磨也就得了足够的报偿。

奥运会上,约翰逊战胜刘易斯的那个中午我难过极了,心里别别扭扭别别扭扭的一直到晚上,夜里也没睡好觉。眼前老翻腾着中午的场面:所有的人都在向约翰逊欢呼,所有的旗帜与鲜花都向约翰逊挥舞,浪潮般的记者们簇拥着约翰逊走出比赛场,而刘易斯被冷落在一旁。刘易斯当时那茫然若失的目光就像个可怜的孩子,让我一阵阵心疼。一连几天我都闷闷不乐,总想着刘易斯此时会怎样痛苦,不愿意再看电视里重播那个中午的比赛,不愿意听别人谈论这件事,甚至替刘易斯嫉妒着约翰逊,在心里找很多理由向自己说明还是刘易斯最棒；自然这全无济于事，我竟似比刘易斯还败得惨，还迷失得深重。这岂不是怪事么？在外人看来这岂不是发精神病么？我慢慢去想其中的原因。是因为一个美的偶像被打破了么？如果仅仅是这样，我完全可以惋惜一阵再去树立起约翰逊嘛，约翰逊的雄姿并不比刘易斯逊色。是因为我这人太恋旧，骨子里太保守吗？可是我非常明白，后来者居上是最应该庆祝的事。或者是刘易斯没跑好让我遗憾？可是九秒九二是他最好的成绩。到底为什么呢？最后我知道了：我看见了所谓"最幸福的人"的不幸，刘易斯那茫然的目光使我的"最幸福"的定义动摇了继而粉碎了。上帝从来不对任何人施舍"最幸福"这三个字，他在所有人的欲望前面设下永恒的距离，公平地给每一个人以局限。如果不能在超越自我局限的无尽路途上去理解幸福，那么史铁生的不能跑与刘易斯的不能跑得更快就完全等同，都是沮丧与痛苦的根源。假若刘易斯不能懂得这些事，我相信，在前述那个中午，他一定是世界上最不幸的人。

在百米决赛的第二天，刘易斯在跳远决赛中跳出了八米七二，他是个好样的。看来他懂，他知道奥林匹斯山上的神火为何而燃烧，那不是为了一个人把另一个人战败，而是为了有机会向诸神炫耀人类的不屈，命定的局限尽可永在，不屈的挑战却不可须臾或缺。我不敢说刘易斯就是这样，但我希望刘易斯是这样，我一往情深地喜爱并崇拜这样一个刘易斯。

这样，我的白日梦就需要重新设计一番了。至少我不再愿意用我领悟到的这一切，仅仅去换一个健美的躯体，去换一米九以上的身高和九秒七九乃至九秒六九的速度，原因很简单，我不想在来世的某一个中午成为最不幸的人；即使人可以跑出九秒五九，也仍然意味着局限。我希望既有一个健美的躯体又有一个了悟了人生意义的灵魂，我希望二者兼得。但是，前者可以祈望上帝的恩赐，后者却必须在千难万苦中靠自己去获取——我的白日梦到底该怎样设计呢？千万不要说，倘若二者不可兼得你要哪一个？不要这样说，因为人活着必要有一个最美的梦想。

后来得知，约翰逊跑出了九秒七九是因为服用了兴奋剂。对此我们该说什么呢？我在报纸上见了这样一条消息，他的牙买加故乡的人们说，"约翰逊什么时候愿意回来，我们都会欢迎他，不管他做错了什么事，他都是牙买加的儿子"。这几句话让我感动至深。难道我们不该对灵魂有了残疾的人，比对肢体有了残疾的人，给予更多的同情和爱吗？

一九八八年

■ 史铁生（1951—2010），作家。著有长篇小说《务虚笔记》，短篇小说《我的遥远的清平湾》《命若琴弦》，散文集《我与地坛》《病隙碎笔》等。

贾平凹

黄土高原

沟是不深的，也不会有着水流；缓缓地涌上来了，缓缓地又伏了下去；群山像无数偌大的蒙古包，呆呆地在排列。八月天里，秋收过了种麦，每一座山都被犁过了，犁沟随着山势往上旋转，愈旋愈小，愈旋愈圆。天上是指纹形的云，地上是指纹形的田，它们平行着，中间是一轮太阳；光芒把任何地方也照得见了，一切都亮亮堂堂。缓缓地向那圆底走去，心就重重地往下沉；山洼里便有了人家。并没有几棵树的，窑门开着，是一个半圆形的窟窿，它正好是山形的缩小，似乎从这里进去，山的内部世界就都在里边。山便不再是圆圈的叠合了，无数的抛物线突然间地凝固，天的弧线囊括了山的弧线，山的弧线囊括了门窗的弧线。一地都是那么寂静了，驴没有叫，狗是三个四个地躺在窑背，太阳独独的在空中照着。

路如绳一般地缠起来了：山垴上，热热闹闹的人群曾走去赶过庙会。路却永远不能踏出一条大道来，凌乱的一堆细绳突然地扔了过来，立即就分散开去，在洼底的草皮地上纵纵横横了。这似乎是一张巨大的网，由山垴哗地撒落下去，从此就老想要打捞起什么了。但是，草皮地里能有什么呢？树木是没有的，花朵是没有的，除了荆棘，蒿草，几乎连一块石头也不易见到。人走在上边，脚用不着高抬，身用不着深弯，双手直棍一般地相反叉在背后，千次万次地看那羊群漫过，粪蛋儿如急雨落下，嘭嘭地飞溅着黑点儿。起风了，每一条路上都在冒着土的尘烟，簌簌地，一时如燃起了无数的导火索，竟使人很有了几分骇怕呢。一座山和一座山，一个村和一个村，就是这么被无数的网罩起来了。走到任何地方，每一块都被开垦着，每处被开垦的坡下，都会突然地住着人家，几十里内，甚至几百里内，谁不会知道那条沟里住着哪户人家呢？一听口音，就攀谈开来，说不定又是转弯抹角的亲戚。他们一生在这个地方，就一刻也不愿离开这个地方，有的一辈子也没有去过县城，甚至连一条山沟也不曾走了出去；他们用自己的脚踏出了这无数的网，他们却永远走不出这无数的网。但是，他们最乐趣的是在三月，山沟里的山鸡成群在崖畔晒日头，几十人集合起来，分站在两个山头，大声叫喊，山鸡子从这边山上飞到那边山上，又从那边山上飞到这边山上，人们的呐喊，使它们不能安宁，它们没有鹰的翅膀可以飞过更多的山沟，三四个来回，就立即在空中方向不定地旋转，猛地石子一样垂直跌下，气绝而死了。

  土是沙质的，奇怪的是靠崖凿一个洞去，竟百年千年不会倒坍，或许筑一堵墙吧，用不着去苫瓦，东来的雨打，西去的风吹，那墙再也不会垮掉，反倒生出一层厚厚的绿苔：春天里发绿，绿嫩得可爱；夏天里发黑，黑得浓郁；秋天里生出茸绒，冬天里却都消失了，印出梅花一般的白斑。日月东西，四季交替，它们在希冀着什么，这么更换着苔衣？！默默的信念全然塑造成那枣树了，河滩上，沟畔里，在窗前的石磙子碾盘前，在山与山弧形的接壤处，突然间就发现它了。它似乎长得毫无目的，太随便了，太缓慢了，春天里开一层淡淡的花，秋天里就生一身红果。这是最懂得了贫困，才表现着极大的丰富吗？是因为最懂得了干旱,那糖汁一样的水分才凝固在枝头吗?

冬天里,逢个好日头,吃早饭的时候,村里人就都圪蹴在窗前石碾盘上,呼呼噜噜吃饭了。饭是荞麦面,汤是羊肉汤,海碗端起来,颤悠悠的,比脑袋还要大呢。半尺长的线线辣椒,就交在二拇指中,如山东人夹大葱一样,蘸了盐,一口一截,鼻尖上,嘴唇上,汗就咕咕噜噜地流下来了。他们蹲着,竭力把一切都往里收,身子几乎要成一个球形了,随时便要弹跳而起,爆炸开去。但随之,就都沉默了,一言不发,像一疙瘩一疙瘩苔石,和那碾盘上的石磙子一样,凝重而粗笨了。窗内,窗眼里有一束阳光在浮射,婆姨们正磨着黄豆,磨的上扇压着磨的下扇,两块凿着花纹的石头顿挫着,黄豆成了白浆在浸流。整个冬天,婆姨们要呆在窑里干这种工作,如果这磨盘是生活的时钟,这婆姨的左胳膊和右胳膊,就该是搅动白天和黑夜的时针和分针了。

山峁下的小路上,一月半月里,就会起了唢呐声的。唢呐的声音使这里的人们精神最激动,他们会立即放下一切活计,站在那里张望。唢呐队悠悠地上来了,是一支小小的迎亲队,前边四支唢呐,吹鼓手全是粗壮汉子,眼球凸鼓,腮帮满圆,三尺长的唢呐吹天吹地,满山沟沟都是一种带韵的吼声了。农人不会作诗,但他们都有唢呐,红白喜事,哭哭笑笑,唢呐扩大了他们的嘴。后边,是一头肥嘟嘟的毛驴,耸着耳朵,喷着响鼻,额头上,脖子上,红红绿绿系满彩绸。套杆后就是一辆架子车,车头坐着一位新娘,花一样娟美,小白菜一样鲜嫩,她盯着车下的土路,脸上似笑,又未笑,欲哭,却未哭;失去知觉了一般的麻麻木木。但人们最喜欢看这一张脸了,这一张脸,使整个高原以此明亮起来。后边的那辆车，是两个花枝招展的陪娘坐着，咧着嘴憨笑，狼狼狈狈地紧抱着陪箱，陪被，枕头，镜子。再后边便是骑着毛驴的新郎，一脸的得意，抬胳膊动腿的常要忘形。每过一个村庄，认识的，不认识的，都要在怀里兜了枣儿祝贺，吃一颗枣儿，道一声谢谢，道一声谢谢，说一番吉祥，唢呐就越发热闹，声浪似乎要把人们全部抛上天空，轰然粉碎了去呢。

最逗人情思的是那村头小店：几乎每一个村庄，路畔里就有了那么一家人，老汉是肉肉的模样，婆姨是瘦瘦的精干，人到老年，弯腰驼背的，却出养个万般水灵的女儿来。女儿一天天长大，使整个村庄自豪，也使这个村庄从此不能安宁。父母懂得人生的美好，也懂得女儿的价值，他们开起店来，果然生意兴隆。就有了那么个后生，他到远远的黄河东岸去驮铁锅去了，一去三天三夜，这女子老听见驴子哇儿哇儿地响，站在窗前的枣树下，往东看得脖子都硬了。她恨死了后生，恨得揉面，捏了他的小面人儿，捏了便揉，揉了又捏。就在她去后洼洼拔萝卜的时候，那后生却赶回来，坐在窑里吃饭，说一声："这面怎么没味？"回道："我们胳膊没劲，巧巧不在。""啊哒去了？"人家不理睬，他便脸通红，末了出了门，一步三回头。老人家送客送到窑背背，女子正赶回藏在山峁峁，瞧见爹娘在，想下去说句话，又怕老人嫌，呆在那里，灰不沓沓。只待得爹娘转脚回去了，一阵风从峁上卷下来："等一等！"踉踉跄跄近了，羞羞答答，扭扭捏捏，却从怀里掏出个青杏儿来。

可怜这地面老是干旱，半年半年不曾落下一滴雨。但是，一落雨就没完没了，沟也满了，河也满了。住在几屹崂洼里的人家，一下雨人人都在关心着门前那条公路了。公路是新开的，路一开，外面的人就都来过，大卡车也有，小卧车也有，国家干部来家说一席漂亮的京腔，录一段他们的歌谣，他们会轻狂地把什么好东西都翻出来让人家吃。客人走过，窑背上的皮鞋印就不许被扫了去，娃娃们却从此学得要刷牙，要剪发……如今，雨地里路垮了，全村人心都揪起来，一个人背了镢头去修，全村人都跟了去干。小卧车嘟嘟地开过来，停在那边，他们急得骂天骂地骂自己，眼泪都要掉下来。公家的事看得重，他们的力气瞧得轻。路修通了，车开过了，车一响，哗地人们都向两边靠，脸是笑笑的，十二分的虔诚和得宠，肥大的狗汪汪地叫着要去撵，几个人拉住绳儿不敢丢手。

　　走遍了十八县，一样的地形，一样的颜色，见屋有人让歇，遇饭有人让吃。饭除了羊肉、荞面，就是黄澄澄的小米；小米稀作米汤，稠作干饭，吃罢饭，坐下来，大人小孩立即就熟了。女人都白脸子，细腰身，穿窄窄的小袄；蓄长长的辫，多情多意，给你纯净的笑，男的却边塞将士一般的强悍，大块吃肉，大碗喝酒，上了酒席，又有人醉倒方止。但是，广漠的团块状的高原，花朵在山洼里悄悄地开了，悄悄地败了，只是在地下土中肿着块茎；牛一般的力气呢，也硬是在一把老镢头下慢慢地消耗了，只是加厚着活土层的尺寸。春到夏，秋到冬，或许有过五彩斑斓，但黄却在这里统一，人愈走完他的一生，愈归复于黄土的颜色。每到初春里，大批大批的城里画家都来写生了，站在山洼随便一望，四面的山峁上，弧线的起伏处，犁地的人和牛就衬在天幕。顺路走近去，或许正在用力，牛向前倾着，人向前倾着，角度似乎要和土地平行了，无形的力变成了有形的套绳了。深深的犁沟，像绳索一般，一圈一圈地往紧里套，他们似乎要冲出这个愈来愈小的圈，但留给他们活动的地方愈来愈小，末了，就停驻在山峁顶上。他们该休息了。只有小儿们，停止了在地边玩耍，一步步爬过来，扑进娘的怀里，眯着眼，吃着奶……

一九八二年九月

写于延川县

贾平凹（1952— ），作家。著有长篇小说《浮躁》《废都》《秦腔》《古炉》，中篇小说《腊月·正月》等。

韩少功

月夜（外二篇）

月亮是别在乡村的一枚徽章。

城里人能够看到什么月亮？即使偶尔看到远远天空上一丸灰白，但暗淡于无数路灯之中，磨损于各种噪音之中，稍纵即逝在丛林般的水泥高楼之间，不过像死鱼眼睛一只，丢弃在五光十色的垃圾里。

由此可知，城里人不得不使用公历，即记录太阳之历；乡下人不得不使用阴历，即记录月亮之历。哪怕是最新潮的农村青年，骑上了摩托用上了手机，脱口而出还是冬月初一腊月十五之类的记时之法，同他们抓泥捧土的父辈差不多。原因不在于别的什么——他们即使全部生活都现代化，只要他们还身在乡村，月光就还是他们生活的重要一部分。禾苗上飘摇的月光，溪流上跳动的月光，树林剪影里随着你前行而同步轻移的月光，还有月光牵动着的虫鸣和蛙鸣，无时不在他们心头烙下时间感觉。

相比之下，城里人是没有月光的人，因此几乎没有真正的夜晚，已经把夜晚做成了黑暗的白天，只有无眠白天与有眠白天的交替，工作白天和睡觉白天的交替。我就是在三十多年的漫长白天之后来到了一个真正的夜晚，看月亮从树阴里筛下的满地光斑，明灭闪烁，聚散相续；听月光在树林里叮叮当当地飘落，在草坡上和湖面上哗啦哗啦地拥挤。我熬过了漫长而严重的缺月症，因此把家里的凉台设计得特别大，像一只巨大的托盘，把一片片月光贪婪地收揽和积蓄，然后供我有一下没一下地扑打着蒲扇，躺在竹床上随着光浪浮游。就像我有一本书里说过的，我伸出双手，看见每一道静脉里月光的流动。

盛夏之夜，只要太阳一落山，山里的暑气就消退，辽阔水面上和茂密山林里送来的一阵阵阴凉，有时能逼得人们添衣加袜，甚至要把毯子裹在身上取暖。童年里的北斗星在这时候出现了，妈妈或奶奶讲述的牛郎织女也在这时候出现了，银河系星繁如云星密如雾，无限深广的宇宙和无穷天体的奥秘哗啦啦垮塌下来，把我黑咕隆咚地一口完全吞下。我是躺在凉台上吗？也许我是一个无依无靠的太空人在失重地翻腾？也许我是一个无知无识的婴儿在荒漠里孤单地迷路？也许我是站在永恒之界和绝对之境的入口，正在接受上帝的召见和盘问？……

我突然明白了，所谓城市，无非是逃避上帝的地方，是没有上帝召见和盘问的地方。

山谷里一声长啸，大概是一只鸟被月光惊飞了。

耳醒之地

八溪乡只有四千多人，却一把撒向了极目望断的广阔山地，于是很多地方见山不见人，任雀噪和蝉鸣填满空空山谷。

近些年，青壮年又大多外出打工，去了广东、浙江、福建等以前很少听说的地方，过年也不一定回家，留下的人影便日渐稀少。山里更显得寂静和冷落了。很多屋场只剩下几个闲坐的老人，还有在学校里周末才回家的孩子。

更有些屋场家家闭户，野草封掩了道路，野藤爬上了木柱，忙碌的老鼠和兔子见人也不躲避。

外来人看到路边有一堆牛粪，或者是一个田边的稻草人，会有一种发现珍稀物品时的惊喜：这里有人！

寂静使任何声音都突然膨胀了好多倍。外来人低语一声，或咳嗽一声，也许会被自己的声音所惊吓。他们不知是谁的大嗓门在替自己说话，不知是何种声音竟敢冒天下之大不韪，闯下这一惊天大祸。

很多虫声和草声也都从寂静中升浮出来。一双从城市喧嚣中抽出来的耳朵，是一双苏醒的耳朵，再生的耳朵，失而复得的耳朵，突然发现了耳穴里的巨大空洞与辽阔，还有各种天籁之声的纤细、脆弱、精微以及丰富。只要停止说话，只要压下呼吸，遥远之处墙根下的一声虫鸣也可宏亮如雷，急切如鼓，延绵如潮，其音头和音尾所组成的漫长弧线，其清音声部和浊音声部的两相呼应，都朝着我的耳膜全线展开扑打而来。

我得赶快捂住双耳。

感激

将来有一天，我在弥留之际回想起这一辈子，会有一些感激的话涌在喉头。

我首先会感谢那些猪——作为一个中国南方人，我这一辈子吃猪肉太多了，为了保证自己身体所需要的脂肪和蛋白质，我享受了人们对猪群的屠杀，忍看它们血淋淋地陈尸千万，悬挂在肉类加工厂里或者碎裂在菜市场的摊档上。

我还得深深地感谢那些牛——在农业机械化实现以前，它们一直承受着人类粮食生产中最沉重的一份辛劳，在泥水里累得四肢颤抖，口吐白沫，目光凄凉，但仍在鞭影飞舞之下埋头拉犁向前。

我不会忘记鸡和鸭。它们生下白花花的宝贝蛋时，怀着生儿育女的美丽梦想，面红耳赤地大声歌唱，怎么也不会想到无情的人类会把它们的梦想一批批劫夺而去，送进油锅里或煎或炒，不容母亲们任何委屈和悲伤的申辩。

……我还会想起很多我伤害过的生命，包括一只老鼠，一条蛀虫，一只蚊子。它们就没有活下去的权利么？如果人类有权吞食其它动物和植物，为什么它们就命中注定地没有？是谁粗暴而横蛮地制定了这种不平等规则，然后还要把它们毫不过分的需求描写成一种阴险、恶毒、卑劣的行径然后说得人们心惊肉跳？为了自己的生存，为了自己一种富足、舒适、安全的生存，我与我的同类一直像冷血暴君，用毒药或者利器消灭着它们，并且用谎言使自己心安理得。换句话说，它们因为弱小就被迫把生命空间让给了我们。

如果要说"原罪"，这可能就是我们的原罪。

我们欠下了它们太多。

我当然还得感谢人，这些与我同类和同种的生命体。说实话，我是一个不大喜欢人类的人道主义者。我不喜欢人类的贪婪、虚妄、装模作样、贵贱等级分明、有那么多国界、武器以及擅长假笑的大人物和小人物，但我一直受益于人类的智慧与同情——如果没有这么多人与我相伴度过此生，如果没有人类几千年的文明创造，我至少不会读书和写作，眼下更不会懂得自省和感激。我在这个世界上将是一具没心肝的行尸走肉。

现在好了，有一个偿还欠债的机会了——如果我们以前错过了很多机会的话。大自然是公正的，最终赐给我们以死亡，让我们能够完全终止索取和侵夺，能够把心中的无限感激多少变成一些回报世界的实际行动。这样，我们将会变成腐泥，肥沃我们广袤的大地。我们将会变成蒸汽，滋润我们辽阔的天空。我们将偷偷潜入某一条根系，某一片绿叶，某一颗果实，尽量长得饱满肥壮和味道可口，让一切曾经为我们做出过牺牲的物种有机会大吃大喝，让它们在阳光下健康和快乐。哪怕是一只老鼠，一条蛀虫，一只蚊子，也将乐滋滋享受我们的骨血皮肉，咀嚼出吱吱嘎嘎的声响。

它们最终知道人类并不是忘恩负义的家伙，总有一天还能将功补过，把迟到的爱注入它们的躯体。

死亡是另一个过程的开始，是另一个光荣而高贵的过程的开始。想想看吧，如果没有死，在这个世界上，我们的生将是一次多么不光彩的欠债不还。

二〇〇七年

韩少功（1953— ），作家。著有中篇小说《爸爸爸》，长篇小说《马桥词典》《日夜书》，长篇散文《山南水北》《革命后记》等，译作有《惶然录》等。

王安忆

窗外与窗里

从窗户望出去,奥斯陆的街道很精致。石子街面,嵌拼出均匀流利的图案,细细地蜿蜒,弯过小小的转角。偶尔,有一两个人,或者一两部车驶来。奥斯陆的街道好像是柔软的绒一样的质地,会吸音,人和车悄无声息地过去了。

楼多是四层,坡顶,似高矮不一,墙面也不是一种颜色。从我的角度望过去,对面是红色的砖墙,带着些玫瑰紫的红,圆拱形的门和窗。红砖墙后面,估计有一个院落,所以就隔开些距离,竖了一面白粉墙。白粉墙的后面,则露出一角水泥颜色的山墙。再收回视线,移过一些,斜对面,是带些老黄色的砖面墙。合在一起,是明快的节奏。所以,虽然人少,但也不是寂寥。

这里,我说的窗户,是丽嘉维多利亚酒店的客房,在市中心。国家剧院,奥斯陆大学,步行街,市政厅,还有海边,都可以徒步走到。

有一日早晨,天阴得很重,街道上暗暗的。对面的楼里,有一格窗亮了灯。因周围都是暗的,就显得更亮。这是一间厨房,但不像是家庭,因为看上去,比较简单,过于干净,并且没有女人和孩子。里边有三个男人活动着,从橱柜里取东西,坐下,打开报纸。其中一个,穿着劳动防护那样的橘红色背心。他们是准备出发工作之前,在这里享用早餐。在这个阴天的早晨,他们显得格外的早起和勤劳。

下一日,还是阴天,这格窗的灯又亮着,还没有人来，空着。在它底下的一格窗也亮了，是一间办公室，有电脑、电传机、文件柜，桌上摊着些纸张。没有人，但是，已经有了工作的气息。

换一个地方，在奥斯陆的"作家之家"一座二层的木结构的小院落里，二楼的会议室。一排窗户，面街。拐过弯来，一长排窗户，也是面街。据称，一百年前，从这排窗向外望过去，是海。那时候，会议室是市场，演过戏，地下室曾经是监狱。海已经让楼房挡住了，也是四层高，公寓楼，窗和门上都有着雕饰。墙面的涂料多是掺着些乳色，所以就吸光，柔和均匀的明亮。下午三四时光景，对面楼房的拐角阳台上，走出一个女人，速度很快地走到阳台最外处，对着手机说话。大约是信号不好，她不停地换着角度、方向。为加强语气，还做一些手势。于是，静寂的午后，就有些紧张的空气。

会议室的第三面窗，和长排窗相对，也是一长排，却是对着院落。可看见木阳台的栏杆，在阳光下发亮。有人从阳台上走过，从阳台的那一端下去了。有木板松动发出的沓沓声，听得出，脚步是活泼的。

在两长排窗之间，那较短的一排窗户外，这一日有一个年轻人，援着梯子上来，停在一扇窗前，开始工作。看起来，他像是要给窗户玻璃上腻子，是为过冬做准备吧？木头的窗户总是容易闪缝。他用家伙铲着窗玻璃的边缘，又用布仔细地擦拭干净。他耐心地工作着，太阳照着他，是一幅宁静的图画。

在易卜生纪念馆，他最后十一年居住的二层公寓，讲解员说，晚年，易卜生得了中风，从此行动不便，极少出门，他就坐在起居室临街的窗前——在他的很多戏剧里，都有着与此相像的起居室，他坐在这里，看着窗外。现在，窗户正对着一片草地，异常的绿，有一个红衣孩子在边上走。草地的外缘，靠近易卜生的窗下，是街。较为宽阔的马路，行走着电车、行人，不是匆忙，却也是有目的，专注地走着。易卜生看的，是不是也是这些？不外乎这些吧！人，还有生活。他一生都在了解和表现的。这时候，老和病将他与它们隔开了，隔成窗里和窗外。

卑尔根的景色要阴沉一些，从我住的酒店七楼的窗口望出去，是屋顶，屋顶后面是灰色的山峦。离得很近。房屋，一座座小房子，援着山坡向上漫开、散落着，略有些零乱。伏在窗台往下看，也是石子的街面，叫雨打湿了，颜色变沉了。右边，街角上有一个不大的电影院，在阴霾中亮着灯。濛濛的雨中，有乌鸦叫，后来雨声大了，盖住了乌鸦的叫声。

但在卑尔根的阴霾里，却有一股活跃的气氛。骤去骤来的风雨，颜色和样式有些杂的房屋，商店的铺面挤挨着，人也多了。在鱼饭馆那老木板房子里，倒真看得见海了。海边的鱼市场，不单卖鱼，还卖皮毛。贩子们穿着雨靴，高大粗壮，大约是古代海盗的后裔。

卑尔根艺术博物馆里，有一幅小画，一个绅士，上世纪的装束，紧腿裤，高礼帽，在街角一片小店前，弯着腰看橱窗。橱窗里摆了些什物，形状虚掉了，但看得出是脂粉气的，妇人家的格调。大约是下午，四五时许，因为光线已经斜了。收扁了的光里，是闲适的，有些闷的，午后的空气。这样的街角，奥斯陆和卑尔根有许多，连空气也没大变似的，不免是有些寂寞，却还是有人气，布着日常生活的手迹：琐细、温煦，还有些庸俗。这大约也是易卜生从窗户往外看见的。

汽车驶过挪威的乡间，路边，坡上，都是那种童话里，白雪公主和七个小矮人住的小木房子。不高的顶，因为冬天很漫长，需要保暖。小的，褊狭的窗户，垂着白色扣纱窗帘，一边一幅挽起，挽成舞台帐幕的华丽的弧度。底下，窗台上，放着一排小花盆，在室内的温暖里开着鲜艳的花朵。是一种朴素的小趣味。路边田野里，种的大约是草子，常常看见有白色的布包，整齐地排列着。问是什么，答是收割的牧草，一种新型的包装方式，可以保鲜一个冬季。想来，播种，收割，再又打成草包的，就是住在小木房子里的主人。现在，田野里的工作已基本料理完，准备过冬了。挪威的冬天，开始得很早。

我们来到西格里德·温塞特夫人的故居，她是一九二八年诺贝尔文学奖获得人。对妇女的生活，她持有着居家的守旧的态度，觉得妇女的幸福是忠实地履行家庭的义务。走上山坡，穿过树丛和草地，再踩几级石条台阶，就进了她的家，一座木头房子，比通常的略微大上那么一点。房子里空着，刚刚迁走里面的居民，将其中一间储存着的，温塞特家的东西，暂时搬到另一个地方，正着手布置一个纪念馆。空房子散发着锯屑的树脂的苦涩味，脚下盘缠着一些电线，陡地，响起了电钻的锐声。房子是低矮的，窗户又不大，再加上甚密的灌木丛和天阴，所以比较暗，而且阴冷。炉灶背后的小间里，在木地板上，放了一具澡盆。在那样寒冷的冬天里，洗澡显然是一件难事。像温塞特夫人这样守职的主妇，一定很重视这桩事。

我向故居的管理员妇人，打听厕所。她说现在还没有，因为装修工作还未完成，但她又决定带我上她家的厕所去。我们转出树丛，下了温塞特家的小坡，走上公路。沿公路走大约二百米，路的那侧，一座小木房子，就是她家了。那是要比温塞特家新和鲜亮的木房子，漆成原木的颜色。她从口袋里摸出钥匙开了门，门内是一个狭长的门厅，板壁上挂着衣服，衣服底下是鞋。看起来，她家的人口挺多。再推开一扇门，就是客厅了，右手是一间小小的厕所。用过出来，匆匆地打量了客厅一瞥。一眼望过去，只觉得东西很满，多是原木的颜色。门的左手，依墙放一架钢琴，也是本木的浅黄，尺寸比较小，大约是八十键，高度为一米二的那种。琴盖打开着，乐谱也打开着，小孩子弹到一半，上学去了。推门出来，那位管理员妇人正抓紧这点时间，动作很快地整理门厅里的衣服和鞋子，将它们归置整齐。这位温塞特的邻居，也是一位勤勉的主妇，操持着一大家子。

另一名诺贝尔文学奖获得人，比昂逊的家，早已经收拾停当。也是在乡间，绿树丛中的木头房子，却要大得多。而且，一反常规，开着大窗户，就很亮堂。但也给供暖带来了问题。所以，巨大的锅炉，在楼上楼下都占去了空间。卧室门口，炉灶边上，有个凹处，拉上布帘，掩了一具洗澡盆，很小，好像是婴儿用的，可事实上，却是成人的。那时候，洗澡真是一件奢侈的事情了。比昂逊的家，是满满当当的，什么东西都是量多。客厅里，是各色沙发、沙发椅，包布是花样繁复的织锦。沙发脚下是整张整张的羊羔皮，羊羔皮底下是小的和大的地毯。琴室里钢琴、琴凳、小桌、烛台，铺着、盖着、披挂着，白色扣纱的织物，也是重重叠叠。墙上是祖先与家人的照片，二寸，三寸，装着螺丝纹、卷叶纹边饰的镜框，挤挨着，密匝匝的一片。使人感到，比昂逊是个庞大的、源远流长的家族。餐室里，沿了天花板顶角线，钉了一周细木栏，栏里排着各色杯碟。还有各种木架，放置碗盏、锅盆、烛台。墙角是一口坚固的铁皮箱子，上了锁，里边装过节吃的糕点。这是瑞典统治时期，物质相当匮乏，比昂逊的家便显得过奢了。但却不是奢华，而是一种仓积囤满的富足和心定。有些穷怕了的贪心，一劲地多攒点，多攒点，以防不测。听讲解员说，比昂逊的家具多是从巴黎跳蚤市场买了带回来的，餐室里有一些是人们赠送的礼物，多是实用的东西，手缝的桌布、烛台。总之，东西多虽多，倒都是日常用的。所以呢，在这些满坑满谷的什物上，看到了过日子的耐心、勤恳与远见。想想看，守着这一大屋子的吃喝用度，冬天即便再漫长，又怕什么？

大约真是过冬的缘故，这里的房间，都喜欢满，这给人温饱有余的心情。在乡间一爿小旅馆午饭，已过了旅游的旺季，客房都空着，只我们这群用餐的客人。老板也不在，只有这家的二儿子，一个二十来岁的高个儿青年，为我们张罗午饭茶水。忙完，就到餐室隔壁的客厅弹钢琴。客厅里也是东西多，沙发、扶手椅、椅背上披挂的扣纱织物、椅脚下铺的小羊羔皮、羊羔皮下的大小地毯、墙上的风景画片、架上的烛台，还有鲜花。都是小盆小盆的，立灯炷台上，周围五个；窗台上，一列三个；茶几上，几个；镜台前几个；圆桌上，是一大个，百球千球，盛丽地垂下来。钢琴上，是家人的照片，我们认出了这个青年小时的样子。他家共有四个孩子，于是便联想起二楼走廊尽头，有一只竹木摇篮，里面脚对脚睡了四个大娃娃，身上盖了一床花被子。连人口也是多的。在寒冷的蜗居的日子里，家人其实特别重要。

还有，格里格的家，不是常住的，所以，并没有考究地装修，将生活全部挪过来，却也显出繁复的风格。多多的烛台、鲜花、地毯、织物、羊羔皮、家人照片。都是小东西，但因为量实在大，反不显得琐碎，只是满。沙发靠背和扶手的弯曲度，镜框的雕饰，地毯的花色，烛台的银或铜的光亮，窗帘的扣纱网眼，千针万线地拼出一种洛可可风格的华丽。但在装饰的效果底下，还是质朴的生活的需求。

去过哈姆生的老家，就知道这种满的后面，是什么样贫瘠的历史。

哈姆生出生于一八五九年，因他在"二战"中与纳粹合作，战后被政府监控，没收财产。到底还是顾念他的文学成就，曾经获得诺贝尔文学奖，于是将他出生时的房子保留下来，再立一条石块，写下他的生卒年月，以示不忘。这间一八五九年的木房，就像一座马房。木头是好的，结实的原木，日晒雨淋，已变了颜色，变成深褐的铜色。从狭小的窗户望进去，黑洞洞的，依稀可见一张木床，还有些没有名目的破烂。木屋立在一面缓坡上，后面是茂密的树林。这就是上一世纪中期，挪威农人的家，只有木柴是尽够烧的。漫山遍坡的树木，高高耸立着，树冠连起来，遮阴了天。

看过哈姆生的《拓荒记》吗？那个拓荒者，艾萨克，越过沼地、森林，终于走到一片平缓的山坡，临了小河，茂盛的烟草下面是黑肥的土壤，于是居住下来。他到森林里采来白桦树皮，压平，晒干，捆起，走好多路到有人的地方，换来面粉、猪肉、饭锅、铁锨，然后是山羊。接着盖起了房子,在房子里开了窗户,安上玻璃。再接着,母羊下崽了,都是双胎,三只羊变成了七只羊。后来,女人慕名而来,带来了两只母羊、小镜子、一串漂亮的玻璃珠子、一个手摇纺车、一个精杼机、一头母牛……

然后,东西就变得满坑满谷。

那日下午,在阜尔根,淋得精湿,躲进港口酒吧,喝热茶和啤酒。邻桌围坐了一群老人,有男有女,忽然同声唱起歌来,节奏很强劲。大约是回想起年轻的时候,干着力气活、唱着歌的快乐往事。

也是在阜尔根艺术博物馆,讲解员是个高大、壮实,有着孩子般饱满红润脸颊的青年。他指给我们看一幅画,一个母亲在孩子摇篮边睡着了。他说:你们看,这个女人多么幸福,手里做着活计入睡了,身边还有个婴儿。这个不怎么著名的博物馆里,除去几幅蒙克的作品,大多不是名画。但它们恳切、认真地描绘着生活,看来十分可亲。

在奥斯陆的雕刻公园,英国风格的平坦绿地上,立着、坐着、跑着、跳着无数青铜男女。他们全是劳动者的身躯,壮硕、敦实,多少有些粗拙。看起来,他们像是来自同一个家庭,祖辈、父辈、子辈、孙辈,老少同堂。漫长的冬季终于过去了,木头房子突然间从他们头顶飞走了,于是,裸露出隐秘的室内情景,那是平凡和安宁的天伦之乐。

二○○○年十月十一日 上海

王安忆(1954—),作家。著有中篇小说《小鲍庄》《叔叔的故事》,长篇小说《长恨歌》《富萍》等。

莫言

卖白菜

一九六七年冬天，我十二岁那年，临近春节的一个早晨，母亲苦着脸，心事重重地在屋子里走来走去，时而揭开炕席的一角，掀动几下铺炕的麦草，时而拉开那张老桌子的抽屉，扒拉几下破布头烂线团。母亲叹息着，并不时把目光抬高，瞥一眼那三棵吊在墙上的白菜。最后，母亲的目光锁定在白菜上，端详着，终于下了决心似的，叫着我的乳名，说：

"社斗，去找个篓子来吧……"

"娘，"我悲伤地问，"您要把它们……"

"今天是大集。"母亲沉重地说。

"可是，您答应过的，这是我们留着过年的……"话没说完，我的眼泪就涌了出来。

母亲的眼睛湿漉漉的，但她没有哭，她有些恼怒地说："这么大的汉子了，动不动就抹眼泪，像什么样子？！"

"我们种了一百零四棵白菜，卖了一百零一棵，只剩下这三棵了……说好了留着过年的，说好了留着过年包饺子的……"我哽咽着说。

母亲靠近我，掀起衣襟，擦去了我脸上的泪水。我把脸伏在母亲的胸前，委屈地抽噎着。我感到母亲用粗糙的大手抚摸着我的头，我嗅到了她衣襟上那股揉烂了的白菜叶子的气味。从夏到秋、从秋到冬，在一年的三个季节里,我和母亲把这一百零四棵白菜从娇嫩的芽苗,侍弄成饱满的大白菜,我们撒种、间苗、除草、捉虫、施肥、浇水、收获、晾晒……每一片叶子上都留下了我们的手印……但母亲却把它们一棵棵地卖掉了……我不由地大哭起来,一边哭着,还一边表示着对母亲的不满。母亲猛地把我从她胸前推开,声音昂扬起来,眼睛里闪烁着恼怒的光芒,说:"我还没死呢,哭什么?"然后她掀起衣襟,擦擦自己的眼睛,大声地说,"还不快去!"

看到母亲动了怒,我心中的委屈顿时消失,急忙跑到院子里,将那个结满了霜花的蜡条篓子拿进来,赌气地扔在母亲面前。母亲提高了嗓门,声音凛冽地说:"你这是扔谁?!"

我感到一阵更大的委屈涌上心头,但我咬紧了嘴唇,没让哭声冲出喉咙。

透过朦胧的泪眼,我看到母亲把那棵最大的白菜从墙上钉着的木橛子上摘了下来。母亲又把那棵第二大的摘下来。最后,那棵最小的、形状圆圆像个和尚头的也脱离了木橛子,挤进了篓子里。我熟悉这棵白菜,就像熟悉自己的一根手指。因为它生长在最靠近路边那一行的拐角的位置上,小时被牛犊或是被孩子踩了一脚,所以它一直长得不旺,当别的白菜长到脸盆大时,它才有碗口大。发现了它的小和可怜,我们在浇水施肥时就对它格外照顾。我曾经背着母亲将一大把化肥撒在它的周围,但第二天它就打了蔫。母亲知道了真相后,赶紧地将它周围的土换了,才使它死里逃生。后来,它尽管还是小,但卷得十分饱满,收获时母亲拍打着它感慨地对我说:"你看看它,你看看它……"在那一瞬间,母亲的脸上洋溢着珍贵的欣喜表情,仿佛拍打着一个历经磨难终于长大成人的孩子。

集市在邻村,距离我们家有三里远。母亲让我帮她把白菜送去。我心中不快,嘟哝着,说:"我还要去上学呢。"母亲抬头看看太阳,说:"晚不了。"我还想啰唆,看到母亲脸色不好,便闭了嘴,不情愿地背起那只盛了三棵白菜、上边盖了一张破羊皮的篓子,沿着河堤南边那条小路,向着集市,踽踽而行。寒风凛冽,有太阳,很弱,仿佛随时都要熄灭的样子。不时有赶集的人从我们身边超过去。我的手很快就冻麻了,以至于当篓子跌落在地时我竟然不知道。篓子落地时发出了清脆的响声,篓底有几根蜡条跌断了,那棵最小的白菜从篓子里跳出来,滚到路边结着白冰的水沟里。母亲在我头上打了一巴掌,骂道:"穷种啊!"然后她就颠着小脚,乍着两只胳膊,小心翼翼但又十分匆忙地下到沟底,将那棵白菜抱了上来。我看到那棵白菜的根折断了,但还没有断利索,有几缕筋皮联络着。我知道闯了大祸,站在篓边,哭着说:"我不是故意的,我真的不是故意的……"母亲将那棵白菜放进篓子,原本是十分生气的样子,但也许是看到我哭得真诚,也许是看到了我黑黢黢的手背上那些已经溃烂的冻疮,母亲的脸色缓和了,没有打我也没有再骂我,只是用一种让我感到温暖的腔调说:"不中用,把饭吃到哪里去了?"然后母亲就蹲下身,将背篓的木棍搭上肩头,我在后边帮扶着,让她站直了身体。但母亲的身体是永远也不能再站直了,过度的劳动和艰难的生活早早地就压弯了她的腰。我跟随在母亲身后,听着她的喘息声,一步步向前挪。在临近集市时,我想帮母亲背一会儿,但母亲说:"算了吧,就要到了。"

终于挨到了集上。我们穿越了草鞋市。草鞋市两边站着几十个卖草鞋的人，每个人面前都摆着一堆草鞋。他们都用冷漠的目光看着我们。我们穿越了年货市，两边地上摆着写好的对联，还有五颜六色的过门钱。在年货市的边角上有两个卖鞭炮的，各自在吹嘘着自己的货，在看热闹人们的撺掇下，悬起来，你一串我一串地赛着放，乒乒乓乓的爆炸声此起彼伏，空气里弥漫着硝烟气味，这气味让我们感到，年已经近在眼前了。我们穿越了粮食市，到达了菜市。市上只有十几个卖菜的，有几个卖青萝卜的，有几个卖红萝卜的，还有一个卖菠菜的，一个卖芹菜的，因为经常跟着母亲来卖白菜，这些人多半都认识。母亲将篓子放在那个卖青萝卜的高个子老头菜篓子旁边，直起腰与老头打招呼。听母亲说老头子是我的姥娘家那村里的人，同族同姓，母亲让我称呼他为七姥爷。七姥爷脸色赤红，头上戴一顶破旧的单帽，耳朵上挂着两个兔皮缝成的护耳，支棱着两圈白毛，看上去很是有趣。他将两只手交叉着插在袖筒里，看样子有点高傲。母亲让我走，去上学，我也想走，但我看到一个老太太朝着我们的白菜走了过来。风迎着她吹，使她的身体摇摆，仿佛那风略微大一些就会把她刮起来，让她像一片枯叶，飘到天上去。她也是像母亲一样的小脚，甚至比母亲的脚还要小。她用肥大的棉袄袖子捂着嘴巴，为了遮挡寒冷的风。她走到我们的篓子前，看起来是想站住，但风使她动摇不定。她将棉袄袖子从嘴巴上移开，显出了那张瘪瘪的嘴巴。我认识这个老太太，知道她是个孤寡老人，经常能在集市上看到她。她用细而沙哑的嗓音问白菜的价钱。母亲回答了她。她摇摇头，看样子是嫌贵。但是她没有走，而是蹲下，揭开那张破羊皮，翻动着我们的三棵白菜。她把那棵最小的白菜上那半截欲断未断的根拽了下来。然后她又逐棵地戳着我们的白菜，用弯曲的、枯柴一样的手指。她撇着嘴，说我们的白菜卷得不紧。母亲用忧伤的声音说："大婶子啊，这样的白菜您还嫌卷得不紧，那您就到市上去看看吧，看看哪里还能找到卷得更紧的吧。"

我对这个老太太充满了恶感，你拽断了我们的白菜根也就罢了，可你不该昧着良心说我们的白菜卷得不紧。我忍不住冒出了一句话："再紧就成了石头蛋子了！"

老太太抬起头，惊讶地看着我，问母亲："这是谁？是你的儿子吗？"

"是老小，"母亲回答了老太太的问话，转回头批评我，"小小孩儿，说话没大没小的！"

老太太将她胳膊上挎的柳条筢筢放在地上，腾出手，撕扯着那棵最小的白菜上那层已经干枯的菜帮子。我十分恼火，便刺她："别撕了，你撕了让我们怎么卖？！"

"你这个小孩子，说话怎么就像吃了枪药一样呢？"老太太嘟哝着，但撕扯菜帮子的手却并不停止。

"大婶子，别撕了，放到这时候的白菜，老帮子脱了五六层，成了核了。"母亲劝说着她。

她终于还是将那层干菜帮子全部撕光，露出了鲜嫩的、洁白的菜帮。在清冽的寒风中，我们的白菜散发出甜丝丝的气味。这样的白菜，包成饺子，味道该有多么鲜美啊！老太太搬着白菜站起来，让母亲给她过秤。母亲用秤钩子挂住白菜根，将白菜提起来。老太太把她的脸几乎贴到秤杆上，仔细地打量着上面的秤星。我看着那棵被剥成了核的白菜，眼前出现了它在生长的各个阶段的模样，心中感到阵阵忧伤。

终于核准了重量，老太太说："俺可是不会算账。"

母亲因为偏头痛，算了一会也没算清，对我说："社斗，你算。"

我找了一根草棒，用我刚刚学过的乘法，在地上划算着。

我报出了一个数字，母亲重复了我报出的数字。

"没算错吧？"老太太用不信任的目光盯着我说。

"你自己算就是了。"我说。

"这孩子，说话真是暴躁。"老太太低声嘟哝着，从腰里摸出一个肮脏的手绢，层层地揭开，露出一叠纸票，然后将手指伸进嘴里，沾了唾沫，一张张地数着。她终于将数好的钱交到母亲的手里。母亲也一张张地点数着。我看到七姥爷的尖锐的目光在我的脸上戳了一下，然后就移开了。一块破旧的报纸在我们面前停留了一下，然后打着滚走了。

等我放了学回家后，一进屋就看到母亲正坐在灶前发呆。那个蜡条篓子摆在她的身边，三棵白菜都在篓子里，那棵最小的因为被老太太剥去了干帮子，已经受了严重的冻伤。我的心猛地往下一沉，知道最坏的事情已经发生了。母亲抬起头，眼睛红红地看着我，过了许久，用一种让我终生难忘的声音说：

"孩子，你怎么能这样呢？你怎么能多算人家一毛钱呢？"

"娘，"我哭着说，"我……"

"你今天让娘丢了脸……"母亲说着，两行眼泪就挂在了腮上。

这是我看到坚强的母亲第一次流泪,至今想起,心中依然沉痛。

载于《写给父亲的信》
春风文艺出版社二〇〇三年版

■ 莫言(1955—),作家。本名管谟业。著有长篇小说《红高粱家族》《酒国》《丰乳肥臀》《檀香刑》《生死疲劳》《蛙》,中短篇小说《透明的红萝卜》《欢乐》等。

顾城

学诗笔记

一

最早使我感到诗的是什么？是雨滴。

在我上学的路上，有一棵塔松，每当我从它身边走过，它什么都不说。

一天，是雨后吧，世界洁净而新鲜，塔松忽然闪耀起来，枝叶上挂满了晶亮的雨滴，我忘记了自己；我看见每粒水滴中，都有彩虹游动，都有一个精美的蓝空，都有我和世界……

我知道了，一滴微小的雨水，也能包容一切，净化一切。在雨滴中闪现的世界，比我们赖以生存的世界，更纯、更美。

诗就是理想之树上，闪耀的雨滴。

二

我是在一片碱滩上长大的孩子。

那里的天地非常完美，是完美的正圆形。没有山、没有树，甚至没有人造的几何体——房屋，使这样的完美稍稍损坏。

当我走在我想象的路上时，天地间只有我，和一种淡紫色的草。

草是在苦咸的土地上长出来的，那么细小，又那么密集，站在天空下，站在乌云和烈日下，迎接着不可避免的一切。没有谁知道它们，没有彩蝶、蜜蜂，没有惊奇的叹息、赞美；然而，它们却生长着，并开出小小的花来，骄傲地举过头顶……

它们告诉我春天，告诉我诗的责任。

三

在礁岩中，有一片小沙滩。

沙滩上，有不少潮汐留下的贝壳，已经多少年了，依旧那么安详、美丽。

我停下来，吸引我的却不是那些彩贝，而是一个极普通的螺壳；它毫无端庄之态，独自在浅浅的积水中飞跑，我捉住它，才发现里边原来藏着一只小蟹——生命。

这只小蟹，教给我怎样选择词汇。

一句生机勃勃而别具一格的口语，胜过十打华美而古老的文辞。

四

由于渴望，我常常走向社会的边缘。

前面是草、云、海，是绿色、白色、蓝色的自然。这洁净的色彩，抹去了闹市的浮尘，使我的心恢复了感知。

我是在记忆吗？似乎也在回忆，因为我在成为人之前，就是它们之中的一员。我曾像猛犸的巨齿那样弯曲，我曾像叶子那样天真，我曾像蜉蝣生物那样，渺小而愉快,我曾像云那样自由……

我感谢自然,使我感到了自己,感到了无数生命和非生命的历史;我感谢自然,感谢它继续给我的一切——诗和歌。

这就是为什么在现实紧迫的征战中,在机械的轰鸣中,我仍然用最美的声音,低低地说:

我是你的。

五

万物,生命,人,都有自己的梦。

每个梦,都是一个世界。

沙漠梦想着云的背影,花朵梦想着蝴蝶的轻吻,露滴在梦想海洋……

我也有我的梦,遥远而清晰,它不仅仅是一个世界,它是高于世界的天国。

它,就是美,最纯净的美;当我打开安徒生的童话,浅浅的脑海里就充满光辉。

我向它走去,我渐渐透明,抛掉了身后的暗影;只有路,自由的路。

我生命的价值,就在于行走。

我要用心中的纯银,铸一把钥匙,去开启那天国的门,向着人类。

如果可能,我将幸福地失落,在冥冥之中。

一九八〇年

▋ 顾城(1956—1993),诗人。著有诗集《黑眼睛》等,其诗作身后被辑为《顾城诗全编》,并有《树枝的疏忽》等散文集面世。

余华

麦田里

我在南方长大成人,一年四季、一日三餐的食物都是大米,由于很少吃包子和饺子,这类食物就经常和节日有点关系了。小时候,当我看到外科医生的父亲手里提着一块猪肉,捧着一袋面粉走回家来时,我就知道这一天是什么日子了。我小时候有很多节日,五月一日是劳动节,六月一日是儿童节,七月一日是共产党的生日,八月一日是共产党军队的生日,十月一日是共产党中国的生日,还有元旦和春节,因为我父亲是北方人,这些日子我就能吃到包子或者饺子。

那时候我家在一个名叫武原的小镇上,我在窗前可以看到一片片的稻田,同时也能够看到一小片的麦田,它在稻田的包围中。这是我小时候见到的绝无仅有的一片麦田,也是我最热爱的地方。我曾经在这片麦田的中央做过一张床,是将正在生长中的麦子踩倒后做成的,夏天的时候我时常独自一人躺在那里。我没有在稻田的中央做一张床是因为稻田里有水,就是没有水也是泥泞不堪,而麦田的地上总是干的。

那地方同时也成了我躲避父亲追打的乐园。不知为何我经常在午饭前让父亲生气,当我看到他举起拳头时,立刻夺门而逃,跑到了我的麦田。躺在麦子之上,忍受着饥饿去想象那些美味无比的包子和饺子,那些咬一口就会流出肉汁的包子和饺子,它们就是我身旁的麦子做成的。这些我平时很少能够吃到的,在我饥饿时的想象里成了信手拈来的食物。而对不远处的稻田里的稻子,我知道它们会成为热气腾腾的米饭,可是虽然我饥肠辘辘,对它们仍然不屑一顾。

我一直那么躺着,并且会进入梦乡。等我睡一觉醒来时,经常是傍晚了,我就会听到父亲的喊叫,父亲到处在寻找我,他喊叫的声音随着天色逐渐暗淡下来变得越来越焦急。这时候我才偷偷爬出麦田,站在田埂上放声大哭,让父亲听到我和看到我,然后等父亲走到我身旁,我确定他不再生气后,我就会伤心欲绝地提出要求,我说我不想吃米饭,我想吃包子。

我父亲每一次都满足了我的要求,他会让我爬到他的背上,让我把眼泪流在他的脖子上,当饥饿使我胃里有一种空洞的疼痛时,父亲将我背到了镇上的点心店,让我饱尝了包子或者饺子的美味。

后来我父亲发现了我的藏身之处。那一次还没有到傍晚,他在田间的小路上走来走去,怒气冲冲地喊叫着我的名字,威胁着我,说如果我再不出去的话,他就会永远不让我回家。当时我就躺在麦田里,我一点都不害怕,我知道父亲不会发现我。虽然他那时候怒气十足,可是等到天色黑下来以后,他就会怒气全消,就会焦急不安,然后就会让我去吃上一顿包子。

让我倒霉的是,一个农民从我父亲身旁走过去了,他在田埂上看到麦田里有一块麦子倒下了,他就在嘴里抱怨着麦田里的麦子被一个王八蛋给踩倒了。他骂骂咧咧地走过去,他的话提醒了我的父亲,这位外科医生立刻知道他的儿子身藏何处了。于是我被父亲从麦田里揪了出来,那时候还是下午,天还没有黑,我父亲也还怒火未消,所以那一次我没有像往常那样因祸得福地饱尝了一顿包子,而是饱尝了皮肉之苦。

一九九八年二月二十三日

■ 余华(1960—),作家。著有长篇小说《在细雨中呼喊》《活着》《许三观卖血记》《兄弟》,随笔集《我能否相信自己》等。

刘亮程

寒风吹彻

雪落在那些年雪落过的地方,我已经不注意它们了。比落雪更重要的事情开始降临到生活中。三十岁的我,似乎对这个冬天的来临漠不关心,却又好像一直在倾听落雪的声音,期待着又一场雪悄无声息地覆盖村庄和田野。

我静坐在屋子里,火炉上烤着几片馍馍,一小碟咸菜放在炉旁的木凳上,屋里光线暗淡。许久以后我还记起我在这样的一个雪天,围抱火炉,吃咸菜啃馍馍想着一些人和事情,想得深远而入神。柴火在炉中啪啪地燃烧着,炉火通红,我的手和脸都烤得发烫了,脊背却依旧凉飕飕的。寒风正从我看不见的一道门缝吹进来。冬天又一次来到村里,来到我的家。我把怕冻的东西一一搬进屋子,糊好窗户,挂上去年冬天的棉门帘,寒风还是进来了。它比我更熟悉墙上的每一道细微裂缝。

就在前一天,我似乎已经预感到大雪来临。我劈好足够烧半个月的柴火,整齐地码在窗台下。把院子扫得干干净净,无意中像在迎接一位久违的贵宾——把生活中的一些事情扫到一边,腾出干净的一片地方来让雪落下。下午我还走出村子,到田野里转了一圈。我没顾上割回来的一地葵花杆,将在大雪中站一个冬天。每年下雪之前,都会发现有一两件顾不上干完的事而被搁一个冬天。冬天,有多少人放下一年的事情,像我一样用自己那只冰手,从头到尾地抚摸自己的一生。

屋子里更暗了，我看不见雪。但我知道雪花在落，漫天地落。落在房顶和柴垛上，落在扫干净的院子里，落在远远近近的路上。我要等雪落定了再出去。我再不像以往，每逢第一场雪，都会怀着莫名的兴奋，站在屋檐下观看好一阵，或光着头钻进大雪中，好像有意要让雪知道世上有我这样一个人，却不知道寒冷早已盯住了自己活蹦乱跳的年轻生命。

经过许多个冬天之后，我才渐渐明白自己再躲不过雪，无论我蜷缩在屋子里，还是远在冬天的另一个地方，纷纷扬扬的雪，都会落在我正经历的一段岁月里。当一个人的岁月像荒野一样敞开时，他便再无法照管好自己。

就像现在，我紧围着火炉，努力想烤热自己。我的一根骨头，却露在屋外的寒风中，隐隐作痛。那是我多年前冻坏的一根骨头，我再不能像捡一根牛骨头一样，把它捡回到火炉旁烤热。它永远地冻坏在那段天亮前的雪路上了。

那个冬天我十四岁，赶着牛车去沙漠里拉柴火。那时一村人都是靠长在沙漠里的一种叫梭梭的灌木取暖过冬。因为不断砍挖，有柴火的地方越来越远，往往要用一天半夜时间才能拉回一车柴火，每次去拉柴火，都是母亲半夜起来做好饭，装好水和馍馍，然后叫醒我。有时父亲也会起来帮我套好车。我对寒冷的认识是从那些夜晚开始的。

牛车一走出村子，寒冷便从四面八方拥围而来，把你从家里带出的那点温暖搜刮得一干二净，让你浑身上下只剩下寒冷。

那个夜晚并不比其他夜晚更冷。

只是我一个人赶着牛车进沙漠。以往牛车一出村，就会听到远远近近的雪路上其他牛车的走动声,赶车人隐约的吆喝声。只要紧赶一阵路,便会追上一辆或好几辆去拉柴的牛车,一长串,缓行在铅灰色的冬夜里。那种夜晚天再冷也不觉得。因为寒风在吹好几个人,同村的、邻村的、认识和不认识的好几驾牛车在这条夜路上抵挡着寒冷。

而这次,一野的寒风吹着我一个人。似乎寒冷把其他一切都收拾掉了。现在全部地对付我。

我披着羊皮大衣,一动不动趴在牛车里,不敢大声吆喝牛,免得让更多的寒冷发现我。从那个夜晚我懂得了隐藏温暖——在凛冽的寒风中,身体中那点温暖正一步步退守到一个隐秘的连我自己都难以找到的深远处——我把这点隐深的温暖节俭地用于此后多年的爱情和生活。我的亲人们说我是个很冷的人,不是的,我把仅有的温暖全给了你们。

许多年后有一股寒风,从我自以为火热温暖的从未被寒冷浸入的内心深处阵阵袭来时,我才发现穿再厚的棉衣也没用了。生命本身有一个冬天,它已经来临。

天亮时,牛车终于到达有柴火的地方。我的一条腿却被冻僵了,失去了感觉。我试探着用另一条腿跳下车,拄着一根柴火棒活动了一阵,又点了一堆火烤了一会儿,勉强可以行走了,腿上的一块骨头却生疼起来,是我从未体验过的一种疼,像一根根针刺在骨头上又狠命往骨髓里钻——这种痛感一直延续到以后所有的冬天以及夏季里阴冷的日子。

太阳落地时,我装着半车柴火回到家里,父亲一见就问我:怎么拉了这点柴,不够两天烧的。我没吭声。也没向家里说腿冻坏的事。

我想很快会暖和过来。

那个冬天要是稍短些,家里的火炉要是稍旺些,我要是稍把这条腿当回事些,或许我能暖和过来。可是现在不行了。隔着多少个季节,今夜的我,围抱火炉,再也暖不热那个遥远冬天的我;那个在上学路上不慎掉进冰窟窿,浑身是冰往回跑的我;那个跺着冻僵的双脚,捂着耳朵在一扇门外焦急等待的我……我再不能把他们唤回到这个温暖的火炉旁。我准备了许多柴火,是准备给这个冬天的。我才三十岁,肯定能走过冬天。

但在我周围,肯定有个别人不能像我一样度过冬天。他们被留住了。冬天总是一年一年地弄冷一个人,先是一条腿、一块骨头、一副表情、一种心境……尔后整个人生。

我曾在一个寒冷的早晨,把一个浑身结满冰霜的路人让进屋子,给他倒了一杯热茶。那是个上了年纪的人,身上带着许多个冬天的寒冷,当他坐在我的火炉旁时,炉火须臾间变得苍白。我没有问他的名字,在火炉的另一边,我感到迎面逼来的一个老人的透骨寒气。

他一句话不说。我想他的话肯定全冻硬了,得过一阵才能化开。

大约坐了半个时辰,他站起来,朝我点了一下头,开门走了。我以为他暖和过来了。

第二天下午,听人说村西边冻死了一个人。我跑过去,看见这个上了年纪的人躺在路边,半边脸埋在雪中。

我第一次看到一个人被冻死。

我不敢相信他已经死了。他的生命中肯定还深藏着一点温暖，只是我们看不见。一个人最后的微弱挣扎我们看不见，呼唤和呻吟我们听不见。

我们认为他死了。彻底地冻僵了。

他的身上怎么能留住一点点温暖呢？靠什么去留住。他的烂了几个洞、棉花露在外面的旧棉衣？底磨得快通、一边帮已经脱落的那双鞋？还有他的比多少个冬天加起来还要寒冷的心境……

落在一个人一生中的雪，我们不能全部看见。每个人都在自己的生命中，孤独地过冬。我们帮不了谁。我的一小炉火，对这个贫寒一生的人来说，显然微不足道。他的寒冷太巨大。

我有一个姑妈，住在河那边的村庄里，许多年前的那些个冬天，我们兄弟几个常手牵手走过封冻的玛河去看望她。每次临别前，姑妈总要说一句：天热了让你妈过来喧喧。

姑妈年老多病，她总担心自己过不了冬天。天一冷她便足不出户，偎在一间矮土屋里，抱着火炉，等待春天来临。

一个人老的时候，是那么渴望春天来临。尽管春天来了她没有一片要抽芽的叶子，没有半瓣要开放的花朵。春天只是来到大地上，来到别人的生命中。但她还是渴望春天，她害怕寒冷。

我一直没有忘记姑妈的这句话，也不止一次地把它转告给母亲。母亲只是望望我，又忙着做她的活。母亲不是一个人在过冬，她有五六个没长大的孩子，她要拉扯着他们度过冬天，不让一个孩子受冷。她和姑妈一样期盼着

寒风吹彻

春天。

……天热了.母亲会带着我们,蹚过河,到对岸的村子里看望姑妈。姑妈也会走出蜗居一冬的土屋,在院子里晒着暖暖的太阳和我们说说笑笑……多少年过去了,我们一直没有等到这个春天。好像姑妈那句话中的"天"一直没有热。

姑妈死在几年后的一个冬天。我回家过年,记得是大年初四,我陪着母亲沿一条即将解冻的马路往回走。母亲在那段路上告诉我姑妈去世的事。她说:"你姑妈死掉了。"

母亲说得那么平淡,像在说一件跟死亡无关的事情。

"怎么死的?"我似乎问得更平淡。

母亲没有直接回答我。她只是说:"你大哥和你弟弟过去帮助料理了后事。"

此后的好一阵,我们再没说这事,只顾静静地走路。快到家门口时,母亲说了句:天热了。

我抬头看了看母亲,她的身上正冒着热气,或许是走路的缘故,不过天气真的转热了。对母亲来说,这个冬天已经过去了。

"天热了过来喧喧。"我又想起姑妈的这句话。这个春天再不属于姑妈了。她熬过了许多个冬天还是被这个冬天留住了。我想起爷爷奶奶也是分别死在几年前的冬天。母亲还活着。我们在世上的亲人会越来越少。我告诉自己,不管天冷天热,我们都常过来和母亲坐坐。

母亲拉扯大她的七个儿女。她老了。我们长高长大的七个儿女,或许能为母亲挡住一丝的寒冷。每当儿女们回到家里,母亲都会特别高兴,家里也顿时平添热闹的气氛。

但母亲斑白的双鬓分明让我感到她一个人的冬天已经来临,那些雪开始不退、冰霜开始不融化——无论春天来了,还是儿女们的孝心和温暖备至。

随着三十年这样的人生距离,我感觉着母亲独自在冬天的透心寒冷。我无能为力。

雪越下越大。天彻底黑透了。

我围抱着火炉,烤热漫长一生的一个时刻。我知道这一时刻之外,我其余的岁月,我的亲人们的岁月,远在屋外的大雪中,被寒风吹彻。

一九九三年

▋ 刘亮程(1962—),作家。著有散文集《一个人的村庄》《在新疆》,长篇小说《凿空》等。

苏童

三棵树

很多年以前我喜欢在京沪铁路的路基下游荡,一列列火车准时在我的视线里出现,然后绝情地抛下我,向北方疾驰而去。午后一点钟左右,从上海开往三棵树的列车来了,我看着车窗下方的那块白色的旅程标志牌:上海—三棵树,我看着车窗里那些陌生的处于高速运行中的乘客,心中充满嫉妒和忧伤。然后去三棵树的火车消失在铁道的尽头。我开始想象三棵树的景色:是北方的一个小火车站,火车站前面有许多南方罕见的牲口,黑驴、白马、枣红色的大骡子,有一些围着白羊肚毛巾、脸色黝黑的北方农民蹲在地上,或坐在马车上,还有就是树了,三棵树,是挺立在原野上的三棵树。

三棵树很高很挺拔。我想象过树的绿色冠盖和褐色树干,却没有确定树的名字,所以我不知道三棵树是什么树。

树令我怅惘。我一生都在重复这种令人怅惘的生活方式:与树擦肩而过。我没有树。西双版纳的孩子有热带雨林,大兴安岭的伐木者的后代有红松和白桦,乡村里的少年有乌桕和紫槐,我没有树。我从小到大在一条狭窄局促的街道上走来走去,从来没有爬树掏鸟蛋的经历。我没有树,这怪不了城市,城市是有树的,梧桐或者杨柳一排排整齐地站在人行道两侧,可我偏偏是在一条没有人行道的小街上长大——也怪不了这条没有行道树的小街,小街上许多人家有树，一棵黄桷、两棵桑树静静地长在他的窗前院内，可我家偏偏没有院子，只有一个巴掌大的天井，巴掌大的天井仅供观天，不容一树，所以我没有树。

我种过树。我曾经移栽了一棵苦楝的树苗，是从附近的工厂里挖来的，我把它种在一只花盆里——不是我的错误，我知道树与花草不同，花入土，树入地，可我无法把树苗栽到地上——是我家地面的错误，天井、居室、后门石埠，不是水泥就是石板，它们欢迎我的鞋子、我的箱子、我的椅子，却拒绝接受一棵如此幼小的苦楝树苗。我只能把小树种在花盆里。那时我是一个小学生。我把一棵树带回了家。它在花盆里，但是我的树，因此成为我的牵挂。我把它安置在临河的石埠上。一棵五寸之树在我的身边成长，从春天到夏天，它没有长高，但却长出了一片片新的叶子，我知道它有多少叶子，没有一片叶子的成长能逃过我的眼睛。后来冬天来了，我感觉到树苗的不安一天天在加深，河边风大，它在风中颤索，就像一个哭泣的孩子，我以为它在向我请求着阳光和温暖，我把花盆移到了窗台上，那是我家在冬天唯一的阳光灿烂的地方。就像一次误杀亲子的戏剧性安排，紧接着我和我的树苗遭遇了一夜狂风。狂风大作的时候我在温暖的室内，在温暖的梦境中，可是我的树苗在窗台上，在凛冽的大风中，人们了解风对树的欺凌，却不会想到风是如何污辱我和我的树苗的——它把我的树从窗台上抱起来，砸在河边石埠上，然后又把树苗从花盆里拖出来，推向河水里，将一只破碎的花盆和一抔泥土留在岸上，留给我。

这是我对树的记忆之一。一个冬天的早晨，我站在河边向河水深处张望，依稀看见我的树在水中挣扎，挣扎了一会儿,我的树开始下沉,我依稀看见它在河底寻找泥土,摇曳着,颤索着,最后它安静了。我悲伤地意识到我的树到家了,我的树没有了。我的树一直找不到土地,风就冷酷地把我的树带到了水中,或许是我的树与众不同,它只能在河水中生长。

我没有树。没有树是我的隐痛和缺憾。像许多人一样,成年以后我有过游历名山大川的经历。我见到过西双版纳绿得发黑的原始森林,我看见过兴安岭上被白雪覆盖的红松和桦树,我在湘西的国家森林公园里见到了无数以往只闻其名未见其形的珍奇树木。但那些树生长在每个人的旅途上,那不是我的树。

我的树在哪里?树不肯告诉我,我只能等待岁月来告诉我。

一九八八年对于我是一个值得纪念的年份,那年秋天我得到了自己的居所,是一栋年久失修的楼房的阁楼部分,我拿着钥匙去看房子的时候一眼就看见了楼前的两棵树,你猜是什么树?两棵果树,一棵是石榴,一棵是枇杷!秋天午后的阳光照耀着两棵树,照耀着我一生得到的最重要的礼物。伴随我多年的不安和惆怅烟消云散,这个秋天的午后,一切都有了答案,我也有了树,我一下子有了两棵树,奇妙的是,那是两棵果树!

果树对人怀着悲悯之心。石榴的表达很热烈,它的繁茂的枝叶和灿烂的花朵,以及它的重重叠叠的果实都在证明这份情怀;枇杷含蓄而深沉,它绝不在意我的客人把它错当成一棵玉兰树,但它在初夏季节告诉你,它不开玉兰花,只奉献枇杷的果实。我接受了树的恩惠。现在我的窗前有了两棵树,一棵是石榴,一棵是枇杷。我感激那个种树的素未谋面的前房东。有人告诉我两棵树的年龄，说是十五岁，我想起十五年前我的那棵种在花盆里的苦楝树苗的遭遇，我相信这一切并非巧合，这是命运补偿给我的两棵树，两棵更大更美好的树。我是个郁郁寡欢的人，我对世界的关注总是忧虑多于热情，怀疑多于信任。我的父母曾经告诉过我，我有多么幸运，我不相信；朋友也对我说过，我有多么幸运，我不相信；现在两棵树告诉我，我最终是个幸运的人，我相信了。

我是个幸运的人。两棵树弥合了我与整个世界的裂痕。尤其是那棵石榴，春夏之季的早晨，我打开窗子，石榴的树叶和火红的花朵扑面而来，柔韧修长的树枝毫不掩饰它登堂入室的欲望，如果我一直向它打开窗子，不消三天，我相信那棵石榴会在我的床边、在我的书桌上驻扎下来，与我彻夜长谈。热情似火的石榴呀，它会对我说，我是你的树，是你的树！

树把鸟也带来了，鸟在我的窗台上留下了灰白色的粪便。树上的果子把过路的孩子引来了，孩子们爬到树上摘果子，树叶便沙沙地响起来，我及时地出现在窗边，喝令孩子们离开我的树，孩子们吵吵嚷嚷地离开了，地上留下了幼小的没有成熟的石榴。我看见石榴树整理着它的枝条和叶子，若无其事。树的表情提醒我那不是一次伤害，而是一次意外，树的表情提醒我树的奉献是无边无际的，我不仅是你的树，也是过路的孩子的树！

整整七年，我在一座旧楼的阁楼上与树同眠，我与两棵树的相互注视渐渐变成单方面的凝视，是两棵树对我的凝视。我有了树，便悄悄地忽略了树。树的胸怀永远是宽容和悲悯，树不做任何背叛的决定，在长达七年的凝视下两棵树摸清了我的所有底细，包括我的隐私，但树不说，别人便不知道。树只是凝视着我。七年的时光作一次补偿是足够的了。两棵树有点疲惫，我没有看出来，窗外的两棵树后来有点疲惫了，一场春雨轻易地把满树石榴花打落在地，我出门回家踩在石榴的花瓣上，对石榴的离情别意毫无察觉。我不知道，我的两棵树将结束它们的这次使命，七年过后，两棵树仍将离我而去。

城市建设的蓝图埋葬了许多人过去的居所，也埋葬了许多人的树。一九九五年的夏天，推土机将一个名叫上乘庵的地方夷为平地，我的阁楼，我的石榴树和我的枇杷树消失在残垣瓦砾之中。拆房的工人本来可以保留我的两棵树，至少保留一些日子，但我不能如此要求他们，我最终知道两棵树必将消失。七年一梦，那棵石榴，那棵枇杷，它们原来并不是我的树。

现在我的窗前没有树。我仍然没有树。树让我迷惑，我的树到底在哪里？我有过一棵石榴，一棵枇杷，我一直觉得我应该有三棵树，就像多年以前我心目中最遥远的火车站的名字，是三棵树，那还有一棵在哪里呢？我问我自己，然后我听见了回应，回应来自童年旧居旁的河水，我听见多年以前被狂风带走的苦楝树苗向我挥手示意，我在这里，我在水里！

刊于《人民文学》二〇〇〇年第十期

苏童（1963— ），作家。本名童忠贵。著有中篇小说《妻妾成群》，中短篇小说集《香椿树街故事》，长篇小说《米》《河岸》《黄雀记》等。

格非

胡河清

回想起来，我认识胡河清的时间要比他认识我早几年。一九八五年夏天，我毕业后留在华东师大中文系教书。九月的一天，我在同事李劼的单人宿舍里闲聊，门外走进来两位陌生人。经介绍我知道他们俩是钱谷融先生新招的博士生，其中的一位壮汉名叫徐麟，他很快就和我们混熟，成了朝夕相处的兄长；另一个略瘦，一头蓬松的卷发，情性腼腆，言谈之间，稍显矜持，他就是现已故去的胡河清先生。

那次见面，我甚至都没能记住他的名字。他不常抛头露面，但在校园里，在朋友们聚会的场所，偶尔也会见到他的身影。他照例很少说话，也不爱开玩笑，更没有与朋友们一起参与某种游戏(比如围棋或桥牌)的兴趣。在我的记忆中，他总是悄悄地走进门来，悄悄地坐在一边，然后又无声无息地离去。

马原先生有一次来上海，忽然提出来要去拜访一下胡河清。我问其故，他回答说，在他作品众多的评论者中，他觉得胡河清的文章与他实际写作的心思最为贴合。他的原话似乎是："奇怪，这个人我从未见过，但他好像对我的一切却十分了解，明摆着不是一般人。"我现在还记得他当时兀自看着墙壁发愣的样子。

遗憾的是，我带着马原找遍了华东师大，终于未能见到他。认识他的朋友只知道他住在华山路上一幢古旧的公寓里，却也说不出具体的地址。当时，我们俩谁也不可能想到，这次寻访未遇，对我来说恰好意味着我与胡河清交往的开始，但对马原而言，却是永远错过了相识的机缘。

在冥冥之中为我与胡河清相识搭建桥梁的是一位英国人，名叫弗莱敏(Joan Fleming)。她是我校外语系聘请的外国文学专家。她在某个场合偶然提到了我的小说《青黄》，并向胡河清推荐了这个作品。又过了一段时间，我们俩终于在学校大礼堂的门口相遇，并有了第一次交谈。他问我对他在一篇文章中将我描述成"蛇精"有何看法，而我却一直暗暗地辨识、打量着他。因为我有了一种强烈的不真实感——他赤子般的单纯、热情和诚挚，与初次见面时的孤高、木讷和矜持相比，形成了明显的反差。而在两年之后，我不得不再次面对同样的恍惚之感：一个对生命如此充满眷恋和热忱的人，为什么会突然弃世而去？

差不多一个月之后，我在学校后门又一次遇见了他。告别时，他正式邀请我去他家中做客。他的邀约显得有些与众不同。我记得那天是星期一（我刚上完课），而他邀请我去他家中吃饭的日子，竟然是第二个星期的星期天，其间足足相隔了十三天。通常，假如没有再次提醒，像我这样一个懒散的人，很难记住两周后的一次约会。这一回自然也不例外。到了第二周的星期六，我晚上去找徐麟下围棋。从傍晚到夜里十二点，我们已下了两盘。徐麟说："如果你明天没有什么事的话，我们就再下一盘。"经他这么一说，我倒猛然想起第二天与胡河清见面这件事来了。当时我的确有些后怕，倘若不是因为朋友无意间的提醒，我肯定会错过这次约定。徐麟听说胡河清要请我吃饭，也感到有些意外。他说，胡河清极少请人吃饭，更别说是去他家中了。我记得当时曾问过徐麟这样一个问题：如果我第二天爽约，胡河清会有怎样的反应？徐麟笑而未答。

第二天下午，我准时按响了胡河清家的门铃，他却早已备好晚上的酒菜，在空空荡荡的大房间里恭候多时了。我当时的确感到惭愧难当，也促使我对自己习以为常的懒散暗自反省。出于对朋友的信任，出于他心目中的交友原则，也许他压根儿就没想到过我会爽约。我当即对他坦言，如果不是昨晚去徐麟那儿下棋，我一定会忘了今天的事。胡河清只是淡淡地笑了一下。仿佛在说：世界上本来就没有无缘无故的事情。常人看来的一次巧合，在上苍的眼中，正是必然。

我早就听说胡河清对《周易》很有研究，在神秘的术数文化中浸淫很深，虽说是初来枕流公寓，我似乎立即就能感受到周遭弥漫着的一缕幽玄飘缈的气息。

与一般上海人家中狭小的"亭子间"不同，他所住的房间异常宽大、空阔，除了一张摆在房屋正中间的小课桌之外，屋里并无什么家具。只是在靠窗的墙边，有一个木架，木架上有一面圆镜。我从未见过这么大的一面圆镜，而且，最重要的是，上面还覆盖着一块红色的绸布，看上去俨然是一位羞涩的新娘。

下午的阳光很明亮。透过高大的玻璃门窗，中秋后的花园草坪、喷泉和青铜的天使雕像一览无余。俗话说，千年房屋换百主，一番拆洗一番新。至于枕流公寓的历史，以及那些在这里寄居且声名显赫的近代人物，我虽略有所闻，但毕竟未知端详。联想到胡河清先生复杂的家世背景，想到他三十出头却还孑然一身，想到他远在他乡的父母,我还是克制住了自己的好奇心,没敢妄加打听。

在这样一间大房子里,享受着午后阳光的温暖和寂静,品尝着胡河清新沏的香茗,两个人隔着一张小课桌谈论文学,实在是一件令人难忘的事情。当我注意到茶叶罐上的图画人物——漆痕斑驳,宛若明清的旧物,忽然有了一个奇怪的感觉,似乎坐在我对面的胡河清,并非是现实中的学长和同事,而是一位传说中的古人。

我们的谈话是从那面镜子开始的。我问他为什么要给镜子盖上一块绸布。胡河清先生略一迟疑,便坦诚相告:不久前有一位"异人"到访,他一进门,就觉察到房中隐约有种不祥的气息萦绕不去。而所谓的禳解之法,便是在这面巨大的圆镜上覆以红绸。我还特地走到这面镜子的边上看了看,发现绸布上已落满了细细的尘埃,至少已有一两个月无人触动。

正是在这天下午的闲聊中,胡河清向我大致地描述了他日后将潜心研究的一个新课题:全息现实主义。

他所反复引用的两个经典文本是《周易》和《红楼梦》。坦率地说,胡河清对《周易》的很多阐述,实际上早已超出了听者的知识和理解力范畴(可惜他并未发现这一点)。我除了对他的晦涩语汇和概念略加追踪、甄别和猜测,就只有走神的资格了。惟有他对《红楼梦》别开生面的阐释和分析,使我默然心会,记忆犹新。

他认为《红楼梦》所呈现出来的图景既浩瀚又精微,既是天数,又是人伦。它吐纳四方,包罗万象。云烟之绵联,不足为其态;流水之迢递,不足为其情;时花美女不足为其色,牛鬼蛇神不足为其幻。如要读解《红楼梦》,惟有透过"气息"二字,方能穷其荒园陛殿、梗莽丘垄,窥其怨恨悲愁、无限风情。他甚至认为，正因为上天妒惮其不测之才，恐其泄露玄机，才让曹雪芹中道而亡，只留半部残篇。

我理解，胡河清先生所谓的"全息"，或许正是我当时亦在考虑的"整体"。自从二十世纪以来，仅就小说叙事而言，在很多局部的领域较十九世纪之前均有极大突破，但这些方面的成功，也使这样一个观念渐渐成为不易之论：从整体上全景式地把握世界的方式已经永远过时。这个观念一度让我信以为真。但在胡河清看来，中国传统的叙事，从《左传》和《史记》开始，一直到《红楼梦》，从来就是"全息"的，生气灌注的，或者说是整体性的。而《周易》中关于天地乾坤的形而上学思维，正是对"全息"这一概念的精妙表述。全息现实主义，不仅意味着对传统的整合与继承，也向未来开放。

说到这里，胡河清先生话锋一转，以一种罕见的严肃神情望着我，忽然对我说了这样一番话：中国当代小说，若要"九九归真，位列仙班"，终归要补上中国古典文化这一课，再晚，就来不及了。

联想到河清先生一贯的清正和温良，这番话虽然说得很含蓄，其实已算得上是非常严厉的警告了。

这次谈话一直延续到深夜。临别时，河清将我送出门外。其时的华山路上，灯光晦暗，人影稀少。我心中忽然生出一丝悲凉：这个社会的生存竞争和功利化已渐趋白热化，像胡河清这样一个至纯至诚，淡泊自守之人，与他所处时代之间的反差和不协调，已过于醒目了。

河清先生与我约定，这一年的十一月份，当Fleming女士再度来华时，我们将在枕流公寓重聚。可是，还没等到这一天，河清先生便突然来寓所看我。他将这次会面，看成是我不久前探访枕流公寓的一次回访。

没想到，我房间地上铺着的一块阿拉伯图案风格的地毯，意外地引起了胡河清的注意。他用不容置疑的口吻告诉我：这不是一块普通的地毯，而是某位我们不知道名字的先知，施展魔法并假借他人之手，特意送给我的礼物，其目的是为了奖励我的工作和才华。这是胡河清留给我的最后的话。我一直把这句非同一般的"恭维"之辞，视为我这辈子所能获得的最美好、最温暖的奖赏和鼓励。现在，当我回想起他在说这句话时郑重其事的样子，仍然常常泪不能禁。

第二年的初夏，我在北京正准备去石家庄讲课，突然接到了陈福民先生从上海打来的长途。他只说了四个字"河清没了"，便在电话中哽噎不能声。一种锐利的痛苦，使我的大脑一片空白，什么话都说不出来，似乎一直在等着对方挂断电话，等着听筒里传来"嘟——嘟"的忙音。仿佛这个沉默的世界，正在失去它最珍贵的美德和良知。

一直想写点什么。但回到上海之后，又觉得写一些不痛不痒的文字，与当时种种关于他自杀的猜测和谣传搅在一起，极不相宜。对于人们用"轻生"二字来概括河清的猝然离世，徐麟一直耿耿于怀，怒不可遏。他认为河清的自杀恰恰是因为"重生"。

而我惟有用自己的方式纪念他。

我和胡河清共同的导师钱谷融先生，在与弟子们相处时，常会直言无隐地品评人物。当他说某人"有古人之风"时，往往就意味着最高的赞美。如果用这几个字来评价胡河清，我认为再恰当不过了。有人说，胡河清高标自许，超凡清逸，本来就不是尘世中人。我不这么看。他既不是"当代隐士"，也不是什么"最后的贵族"。胡河清身上的"古人之风"，只是不苟且而已。

因为不苟且，他的赤诚、善良、直道而行，往往被曲解为"不合时宜"和"不识时务"；因为不苟且，他的峻厉、执着、淡泊名利，反而被误认为遗世独立和自命清高；因为不苟且，几乎所有人都被时尚潮流裹挟着往前狂奔时，他却冷静地转过身去朝后看；因为不苟且，他最终的离世也显得特别的冷静、从容和审慎——在与他相依为命的奶奶安然长逝之后，他实际上已经开始用一种隐秘的方式与朋友们告别（只有极少数的人察觉到了他的意图）。最后，在一个风雨之夜，他的小船悄然离开了他所眷念的世界，驶向了另一个海洋。

一九九六年

■ 格非（1964— ），作家、学者。本名刘勇。著有中短篇小说《褐色鸟群》《迷舟》，长篇小说《人面桃花》《隐身衣》，专著《雪隐鹭鸶：〈金瓶梅〉的声色与虚无》等。

孟晖

妙饮沉香一缕烟

收集起缕缕轻烟,再将其化入清水之中,然后,用舌咽,也用心绪,去品尝一粒名香的幽袤滋味——如果优雅也能评级,那么,宋人以沉香烟制作热饮的创意,无疑是上品中的上品。

公元十二世纪下半叶的某一天,一位在南海做县令的陶姓朋友给南宋著名诗人杨万里送来了中南半岛的优质沉香作为礼物。为了不辜负朋友的一番美意,杨万里制作了"沉香熟水",用这一方法仔细感受名香独有的郁馥。像所有的宋代士大夫一样,他是个品香高手,对于寄来的沉香块料,首先会亲自动手进行加工。把沉香料放在茶水中,沸煮一过,淘洗掉料中的油膏成分、杂质与尘腥气,才算是得到了可以焚爇的成品。如此加工好的香料,收藏之道也非常的有讲究,应该是特备一个密封性能极佳的大盒,在盒中腰安设一层带有镂孔的隔架,把沉香一一切成红豆大小的豆粒,放置在隔架之上;在架下,则注入蜂蜜,用蜜液为盒内的密封空间制造一个阴润的小环境,以此防止香料变干燥。同时,还应该采来各种刚开的香花,堆盖在香豆周围,这样来避免香气因溢散而流失。焚香的时候,从盒中取出一小豆香料,就足以氤氲一室了。

也许,正是因为宋人把爇炷沉香做成了生活中的一项习惯性内容,炉上袅袅的烟缕是太常见的景象,于是,便有那秀慧之人灵机触动,想到将炉上的香烟加以收集,做成一道世上最奇特的饮料,以烟缕为原料的饮料。

照一般烧香的方法,在小香炉里烧上一两颗好沉香。待到薰烟轻起,找一个口径与香炉口沿儿正好相合的小茶瓶,倒扣在炉口上。沉香不断散烟,随着烟气逸出的香精在上升的过程中遇到茶瓶的内壁,便凝结在瓶壁上。估量沉香颗上的香精大致散尽了,不会再有香气产生,就把茶瓶翻转过来,急速地向瓶内倒入滚沸热水,然后密封瓶盖。如此静置一段时间,凝结于瓶底、瓶壁上的沉香香精融入水中,就得到了宋人喜爱的"沉香熟水"。

把倒扣的茶瓶当作网罗,如同捕获翩跹的蝴蝶一般,让有象而无形的丝丝香烟,在瓶底、瓶壁上留下痕迹,再将烟痕制成香水,一品其韵息,历史上的中国人对于香气的迷恋真是非同一般呢。

宋人对于精致的生活品质的追求,体现在每一个小细节上,如"沉香熟水"这样需要耐心与灵巧的饮料,那个时代的有闲人家普遍擅长炮制,没谁觉得是件难事。杨万里为了表达对于朋友礼物的重视,就很认真地制作沉香熟水加以品尝,然后,在以双井茶回赠朋友的同时,还附送去自己吟成的诗作,汇报体验:

> 沉水占城第一良……衮尽残膏添猛火,熬成熟水趁新汤。素馨熏染真何益,毕竟输他本分香。
> (《南海陶令送水沉,报以双井茶二首》之一)

诗人感慨道:当时流行用素馨花蒸沉香,以此来制造复合的香调,可是,人工的成果,其实怎么比得上天然香料最初的本色气息呢!潜台词其实就是告诉朋友说:谢谢你送来这么优质的香料,我好好地尝了尝,真是再美妙不过的享受!

宋代真是一个矛盾的朝代,一方面,政治、军事上极度软弱,最终导致亡国之惨;另一方面,在科技、商品制造、贸易等方面具有突出的领先地位,是彼时牵领世界文明前进的引擎之一,因此,作为国际贸易的一个中枢,宋人生活的富裕程度达到了空前的水平。沉香熟水这一需要焚燃贵重名香的饮料,在宋人那里,竟然是普及而又寻常,如记录南宋首都临安繁华景况的《武林旧事》一书中就提到,在临安的夏日,"沉香水"作为一种解暑饮料,在街市的冷饮摊上随处出售!既然这种饮料颇为风行,大家也就自发地对其制作方法不断改进,使得相关的技巧和工具都日趋完善。南宋人陈元靓所著的《事林广记》中,对于"沉香熟水"便详细介绍道:

> 用净瓦一片,灶中烧微红,安平地上。焙香一小片,以瓶盖定。约香气尽,速倾滚汤入瓶中,密封盖。檀香、速香之类,亦依此法为之。

烧红的热瓦片代替了香炉——毕竟,要找到口径彼此正好一致的香炉和茶瓶,是很麻烦、很不容易做到的事情。于是,整个制作过程便变为:先在香炉上把一小颗沉香烘焙得开始散发香气,同时,把一片干净的瓦片在灶中烧到微红的程度。将烧烫的瓦片放在平地上,再将焙热的沉香颗放上去,然后,拿个茶瓶翻转过来,瓶口扣住沉香,倒立在瓦片上。热瓦就如同炭火一样熏烤着香料,催动沉香不断吐发香气,分逸出香精,吸附在茶瓶的内壁上。如此让香烟全部收入瓶中，等香焚尽，就在瓶中注水成饮。不但沉香，檀香等其他香料都可以如此依法炮制。

这是一种无法复制的往昔生活，如今，我们只能借道诗词而穿越时光的隧道，对于曾经的风雅约略有所感知。幽堂一所，柳垂月明，多情的玉人利用她妆台旁常设的小香炉亲手度烟成饮，这是什么样的情感体验？金代诗人元好问就在一首《西江月》词中回忆了自己的一番亲身经历，显然，沉香熟水的美妙也传入了北方的金朝：

> 悬玉微风度曲，熏炉熟水留香。相思夜夜郁金堂。两点春山枕上。
>
> 杨柳宜春别院，杏花宋玉邻墙。天涯春色断人肠。更是高城晚望。

杨柳垂丝、杏花吐艳的春夜，小巧的院落，小巧的厅堂，檐下挂着琉璃片串成的风铃，微风一过，便传出叮珰悦响。一只玉手轻巧地将茶瓶扣覆到莲花形小香炉上，良久，又将其轻轻取起，冲入热水，顿时，来自遥远异域的薰韵如花般在月下的夜色中悠忽绽放，并且从此深深刻在诗人的心底，于日后，化入他对这位春夜玉人的长久怀念之中。

二〇〇九年

■ 孟晖（1968— ），作家。著有长篇小说《盂兰变》，随笔集《潘金莲的发型》《花间十六声》《贵妃的红汗》等。

毛尖

表弟

我十五岁，表弟十四岁，一人抱两本新买的《笑傲江湖》，天兵天将似的，飞驰回家。在弄堂口，表弟大着胆子，向美丽的邻家大姐姐吹声口哨，于是被开心地骂一声小阿飞。

那是我记忆中最快乐的一段时光。我和表弟轮番地跟家里申请巧立名目的各种经费，今天支援西部灾区，明天帮助白血病同学，然后偷偷买来《射雕英雄传》买来《鹿鼎记》，包上封皮，题上《初中语文辅导丛书》。那个年代，父母刚刚被改革开放弄得心神不宁，一直没发现我们的视力已经直线下降，还有我们的成绩。

等到老师终于找上门了，父母才惊觉我们平时记诵的不是《岳阳楼记》，而是《九阴真经》——天之道，损有余而补不足，是故虚胜实，不足胜有余……于是，王熙凤搜大观园似的，"辅导丛书"都被充了公。

不过，事态的发展是那么令人惊喜，父母们很快也堕落为武侠迷，他们更勤奋地来检阅我们的书包，寻找第三第四集辅导材料，有时，为了折磨他们，我们故意把悬念在饭桌上透露出来。这样，大人最终妥协了，他们自暴自弃地向我们低头，要求看第四本《天龙八部》。

同时，表弟日复一日地醉心于武侠，他花了很多力气，得到一件府绸白色灯笼裤，他穿着这条灯笼裤上学、睡觉，起早贪黑地在院子里摆马步、蹬腿，并且跟电视剧里的霍元甲、陈真一样，一边发出嗨哈嗨哈的声音，天天把外婆从睡梦中吓醒。那阵子，在他的班级里，他暗暗地倾心了一个女同学，拐弯抹角地托人送了套《神雕侠侣》给她，只是那个扎着马尾的小姑娘看完书后又请人还给了他，表弟心灰意冷下来，从此更全心全意地投入武术。

他先是想练成一门轻功。缝了两个米袋，成天绑在小腿上，睡觉的时候也不解下来。这样过了一星期，他不无得意地跑来，轻轻一跃，坐在我的窗口，说用不了多久，他就不必从正门出入学校，他就要飞起来了。可如此一个月，他还是飞不过学校围墙。后来，经人介绍，他去拜了一个"武林高手"为师，拿了家里一个月的粮票去孝敬师傅，却沮丧地得知，十四岁，对于练武功，太迟了。

不过表弟没气馁，他开始研究黄药师的桃花岛，研究《易经》和奇门遁甲术，但那显然太难了。第二天，他宣布他开始写长篇小说了，主人公叫缪展鹏，缪是他自己的姓。最讨厌写作文的他居然在两个星期里完成了他的长篇处女作，他用空心字题写了书名，《萧萧白马行》，小说结尾，他的英雄死了，一起死的，还有一个扎马尾的小姑娘。

平时，他喜欢说英雄应该在年轻的时候死去，乔峰那样，"视死如归地勇敢"。而就在那年夏天，他自己也勇敢了一回，不会游泳的他，被人激将着下了江，从此没有回来过。

第二天，水上搜救队才找到他，白色的布覆盖着他，他的脚趾头露在外面，显得特别稚嫩，我走过去，跟从前那样，挠了挠他的脚心，这回，他没躲开。我的眼泪决堤而出，弟弟啊，不许走！没有一个大侠是这么年轻就走的!

到现在,漫漫长夜里,我还是经常会去取一本金庸看,都是他从前读过几遍的书,恍惚中,我还是会听见有人敲窗户,"小姐姐,我们比武好不好?"做梦似的,我会自己答应自己的声音:"好,我凌波微步。"

"降龙十八掌。"

"独孤九剑……"

多么孤独的夜啊,单纯的八十年代已经走远,心头的江湖亦已凋零,像我表弟那样痴迷的读者渐渐绝迹,少年时代最灿烂的理想熄灭了。金庸老了,我们大了,是分手的时候了。

不过,或许我倒可以庆幸,表弟选择那个明媚的夏日午后离开,心中一定还有大梦想和大爱,因为那时,他身后的世界还烨烨生辉,有青山翠谷,有侠客,有神。

一九九三年

毛尖(1970—),作家。著有随笔集《非常罪 非常美》《当世界向右的时候》《有一只老虎在浴室》等。

李娟

河边洗衣服的时光

洗衣服实在是一件快乐的事情。首先，能有机会出去玩玩，不然的话就得待在店里拎着又沉又烫的烙铁没完没了地熨一堆裤子，熨完后还得花更长的时间去一条一条钉上扣子，缲好裤脚边儿。

其次，去洗衣服的时候，还可以趴在河边的石头上舒舒服服地呼呼大睡。不过有一次我正睡着呢，有一条珠光宝气的毛毛虫爬到了我的脸上，从那以后就再也不敢睡了。

洗衣服的时候，还可以跑到河边附近的毡房子里串门子、喝酸奶。白柳丛中空地上的那个毡房子里住着的老太太，汉话讲得溜溜的，又特能吹牛，我就爱去她那儿。最重要的是她家做的酸奶最好最黏，而且她还舍得往你碗里放糖。别人家的酸奶一般不给放糖的，酸得整个人——里面能把胃拧成一堆，外面能把脸拧成一堆。

还可以兜着那些脏衣服下河逮鱼。不过用衣服去兜鱼的话……说实在的，鱼鳞也别想捞着半片儿。

此外还可以好好洗个澡。反正这一带从来都不会有人路过的，牧民洗衣服都在下游桥边水闸那儿，拉饮用水则赶着牛车去河上游很远的一眼泉水边。只有一两只羊啃草时偶尔啃到这边，找不到家了，急得咩咩叫。

夏天真好，太阳又明亮又热烈，在这样的阳光之下，连阴影都是清晰而强烈的，阴影与光明的边缘因为衔含了巨大的反差而呈现奇异的明亮。

四周丛林深密，又宽又浅的河水在丛林里流淌，又像是在一个秘密里流淌，这个秘密里面充满了寂静和音乐……河心的大石头白白净净、平平坦坦。

我光脚站在石头上，空空荡荡地穿着大裙子，先把头发弄湿，再把胳膊弄湿，再把腿弄湿，风一吹过，好像把整个人都吹透了，浑身冰凉，好像身体已经从空气里消失了似的。而阳光滚烫，四周的一切都在晃动，抬起头来，却一片静止。我的影子在闪烁的流水里分分明明地沉静着，它似乎什么都知道，只有我一个人很奇怪地存在于世界上，似乎每一秒钟都停留在刚刚从梦中醒来的状态中，一瞬间一个惊奇，一瞬间一个惊奇。我的太多的不明白使我在这里，又平凡又激动。

夏天的那些日子里，天空没有一朵云，偶尔飘来一丝半缕，转眼间就被燃烧殆尽了，化为透明的一股热气，不知消失到了哪里。四周本来有声音，静下来一听，又空空寂寂。河水哗哗的声音细听下来，也是空空的。还有我的手指甲——在林子里的阴影中时，它还是闪着光的，可到了阳光下却透明而苍白，指尖冰凉。我伸着手在太阳下晒了一阵后，皮肤开始发烫了，但分明感觉到里面流淌的血还是凉的。我与世界无关。

在河边一个人待着，时间长了，就终于明白为什么总是有人会说"白花花的日头"了，原来它真的是白的！真的，世界只有呈现白的质地时，才能达到极度热烈的氛围，极度强烈的宁静。这种强烈，是人的眼睛、耳朵，以及最轻微的碰触都无力承受的。我们经常见到的那种阳光，只能把人照黑，但这样的太阳，却像是在把人往白里照，越照越透明似的，直到你被照得消失了为止……那种阳光，它的炽热是你经验中的现实感觉之外的炽热。河水是冰冷的，空气也凉幽幽的，只要是有阴影的地方就有寒气飕飕飕地蹿着……可是，那阳光却在这清凉的整个世界之上，无动于衷地强烈炽热着……更像是幻觉中的炽热。它会让人突然间就不能认识自己了，不能承受自己了。

于是，一个人在河边待时间长了，就总会感到怪怪地害怕。总想马上回家看看，看看有多少年过去了，看看家里的人都还在不在。

总的来说呢，河边还是令人非常愉快的。河边深密的草丛时刻提醒你："这是在外面。"——外面多好啊，在外面吃一颗糖，都会吃出比平时更充分的香甜。剥下来的糖纸也会觉得分外的美丽——真的，以前从来没有注意过这些糖纸的，好像这会儿才格外有心情去发现设计这糖纸的人有着多么精致美好的想法。把这鲜艳的糖纸展开，抚得平平的，让它没有一个褶子，再把它和整个世界并排着放在一起。于是，就会看到两个世界。

我把这张糖纸平平展展放在路边，每天都会经过几遍，每次都看到它仍鲜艳地平搁在那儿，既无等待，也无拒绝似的。时间从上面经过，它便开始变旧。于是我所看到的两个世界就这样慢慢地，试探着开始相互进入。

河水很浅，里面的鱼却很大，而且又大又贼的，在哗啦啦的激流中和石缝中，很伶俐地、游刃有余地穿行，像个幽灵。你永远也不能像靠近一朵花那样靠近它，仔细地看它那因为浸在水中而清晰无比的眼睛。

相比之下，百灵鸟则是一些精灵。它们总是没法飞得更高，就在水面上、草丛里上蹿下跃的，有时候会不小心一头撞到你身边。看清楚你后，就跳远一点儿继续自个儿玩。反正它就是不理你，也不躲开你。它像是对什么都惊奇不已，又像是对什么都不是很惊奇。它们都有着修长俊俏的尾翼，这使它们和浑圆粗短的麻雀们骄傲地区分开了。另外它们是踱着步走的，麻雀一跳一跳地走；它们飞的时候，总是一起一跃，在空中划出一道道弧线，蜻蜓点水一般优雅和欢喜，麻雀们则是一大群"呼啦啦"的，一下子就蹿得没影儿了。

听说这林子里蛇也很多，幸亏我从来没碰上过。

另外这林子里活着的小东西实在很多的，可是要刻意去留心它们，又一个也找不到了。林子密得似乎比黑夜更能够隐蔽一些东西。我也确在河边发现过很多很多的秘密，但后来居然全忘记了！唯一记得的只有——那些是秘密……真不愧是秘密呀，连人的记忆都能够隐瞒过去。

还有那么多的，各种各样的美丽植物，有许多都能开出令人惊异的小花。那些小花瓣的独特形状和细致的纹路图案，只有小孩子们的心思才能想象得出来，只有他们的小手才画得出。花开成这样，一定都有着它自己长时间的并且经历曲折的美好意愿吧？

再仔细地看，会发现这些小花们和周围的大环境虽然一眼看去很协调，其实，朵朵都在强调不同之处。似乎它们都很有些得意的小聪明，都暗自坚持着自己的想法。但是由于它们太过天真了而太过微弱；又由于太过固执，而太过耀眼。它们更像是一串串带着明显情绪色彩的叹号、问号和省略号，标在浑然圆满的自然界的暗处……真的，我从没见过一朵花是简单的,从没见过一朵花是平凡的。这真是令人惊奇啊!究竟是什么样的力量和心思,让这个世界既能产生磅礴的群山、海洋和森林,也能细致地开出这样一朵朵小花儿?

这些花儿,用花瓣团团握住一把秘密,又耐心地,以形状和色彩巧妙地区分开雄蕊和雌蕊。凑得很近很近地去看一朵花,会发现它大部分都是由某种"透明质地"构成的:粉红色的透明,淡青的透明,浅黄的透明……那些不透明的地方,则轻微地、提醒似的闪着光芒。这光芒映照在那些透明的地方,相互间又折射出另外一些带有些微影像的光芒……一朵花所能闪烁出的光,也许连一指远的地方都照不亮,但却是它所呈现出的种种美丽中,最神秘诱人的一部分。

更奇妙的是花还有香气,就算是没有香气的花,也会散发清郁的、深深浅浅的绿色气息:浅绿色的令人身心轻盈,深绿色的令人想要进入睡眠……哎!花为什么会有香气呢?花能散发香气,多么像一个人能够自信地说出爱情呀!真羡慕花儿。但我对这些花儿们的了解也只不过是以自己的想法进行胡乱揣测而已。花的世界向我透露的东西只有它或明显或深藏的美丽。并且就用这美丽,封死了一切通向它的道路。我们多么不了解花呀!尤其是想到,远在人类诞生之前,世上就有花了,人类消亡以后,花仍将一成不变开遍天涯……便深深感觉到孤独的力量是多么深重巨大。我们和世界无关……

还有那些没什么花开的植物们,深藏自己美丽的名字,却以平凡的模样在大地上生长。其实它们中的哪一株都是不平凡的。它们能向四周抽出枝条,我却不能;它们能结出种子，我却不能；它们的根深入大地，它们的叶子是绿色的，并且能生成各种无可挑剔的轮廓，它们不停地向上生长……所有这些，我都不能……植物的自由让长着双腿的任何一人都自愧不如。首先，绿色就是大地上最广阔、最感人的自由呀！当我们看到绿色，总是会想：一切都不会结束吧？然后就心甘情愿地死去了。这一切多么巨大，死去了都无法离开它……真的，一株亭亭地生长在水边的植物，也许就是我们最后将到达的地方吧？

石头们则和我一般冥顽。虽然它们有很多美丽的花纹和看似有意的图案，可它是冰冷的、坚硬的，并且一成不变。哪怕变也只是变成小石头，然后又变成小沙粒，最后消失。所有这一切似乎只因为它没有想法，它只是躺在水中或深埋地底，它在浩大的命运中什么都不惊讶，什么都接受。而我呢，我什么都惊讶，什么都不接受，结果，我也就跟一块石头差不多的。看来，很多事情都不是我所知的那样。我所知的那些也就只能让我在人的世界里平安生活而已。

在河边，说是从没人经过，偶尔也会碰到一个。我不知道他是谁，我当然不知道他是谁。但是他在对岸冲我大声地喊着什么，水流哗啦啦地响个不停，我站起身认真地听，又撩起裙子，踩进水里想过河。但是他很快就说完转身走了。我怔怔地站在河中央，不知道自己刚刚错过了什么。

还有人在对岸饮马，再骑着马涉水过来。他上了岸走进树林里，一会儿就消失了。我想循着湿湿的马蹄印子跟过去看一看，但又想到这可能是一条令人通往消失之处的路，便忍不住有些害怕。再回头看看这条河，觉得这条河也正在流向一个使之消失的地方。

而我是一个最大的消失处，整个世界在我这里消失，无论我看见了什么，它们都永不复现了。也就是说，我再也说不出来了，我所能说出来的，绝不是我想说的那些。当我说给别人时，那人从我口里得到的又被加以他自己的想法，成为更加遥远的事物。于是，所谓"真实"，就在人间拥挤的话语中一点点远去……我说出的每一句话，到头来都封住了我的本意。

真吃力。不说了。

就这样，在河边洗衣服的时光里，身体自由了，想法也就自由了。自由一旦漫开，就无边无际，收不回来了。常常是想到了最后，已经分不清快乐和悲伤。只是自由。只是自由。我想，总有一天我会死去的，到那时，我会在瞬间失去一切，只但愿到了那时，当一切在瞬间瓦解、烟消云散后，剩下的便全是这种自由了……只是到了那时，我凭借这种自由而进入的地方，是不是仍是此时河边的时光呢？

总之，到河边洗衣服的话，想怎么玩就怎么玩，爱怎么想就怎么想。至于洗衣服就是次要的事情了，爱洗不洗，往水里一扔，压块石头不让水冲走。等玩够了回来，从水里一捞，它自己就干净了嘛。

二〇〇四年

李娟（1979— ），作家。著有散文集《阿勒泰的角落》《冬牧场》《羊道》等。

编辑说明

北岛选编的《给孩子的诗》受到读者的热烈呼应，令人真切感受到孩子们对优秀文学读物的需求，也激励我们继续推动"给孩子一部好作品"的计划。北岛再续前约，联袂著名文学评论家李陀，共同选编了这本《给孩子的散文》。

本书共收录散文46篇，涉及45位中国现当代作家。要在浩繁的作品中遴选出这些文章集结成一本小书，并非易事。从初选、二选……到终选，每一次的筛选都经过严肃的考虑和细致的推敲，凝聚着众人的智慧和热情。在数次文本"海选"中，尚思伽、刘净植、陶庆梅、吴晓东、杨庆祥等人贡献至重。在后期征求意见阶段，汪晖、韩少功、格非都提出了宝贵的建议。尚思伽、刘净植还收集整理了作者简介资料，使本书的内容更加充实完整。

这些散文都是名篇，曾经先后收入过各种版本的出版物，在编辑过程中，对版本的甄别校订花费了大量的时间。本书所呈现的文章，或者出自权威的作者文集版本，或者经过作者本人修订，或者就分歧征求了专家的确认，以确保让孩子们读到的是最好的版本。一些民国时期的散文，保留了当时的语法修辞，供孩子们领略现代汉语不同时期的文法风格。每篇散文尽量搜索确认了写作年月，或者初刊日期，也是为了方便阅读时对照查证。此外，全书按照作者的生辰年月先后排序。

在编辑部参与编选的整个过程中，每一个环节都能体会到大家的认真、慎重和对孩子的拳拳之心。所有参与者都怀着相同的心愿：希望孩子们能通过本书，领略散文的"包罗万象"，进而体会世界的广阔、人生的丰富。

活字文化编辑部
香港中文大学出版社编辑部
二〇一五年五月